Peter Tkocz

ICE 4100

in

Gefahr !

Roman

Originalausgabe
1. überarbeitete Auflage: Juni 2001
Copyright © by Peter Tkocz, Bremen
Das Werk, einschließlich seiner Teile, ist urheberrechtlich geschützt. Jede Verwertung außerhalb der engen Grenzen des Urheberrechtschutzgesetzes ist ohne Zustimmung des Autors unzulässig und strafbar.
Nachdruck, auch auszugsweise, ist nur mit schriftlicher Genehmigung des Autors erlaubt.
Lektorat: Maja und Antje Langsdorff
Satz und Umschlaggestaltung: Peter Tkocz
Herstellung: Books on Demand GmbH Gutenbergring 53, 22848 Norderstedt
Printed in Germany

ISBN 3-00-005109-0

Der Autor

Peter Tkocz, Jahrgang 1957, lernte nach der Volksschule den Beruf des Fernmeldehandwerkers. Auf dem 2. Bildungsweg holt er das Abitur nach und ist seit 1982 Polizeibeamter in Bremen. Seine Freizeit verbringt er überwiegend mit Schreiben, Musizieren und Sport.

Das Buch

ICE 4100
in
Gefahr !

»Am 28. Juli 1994 wird der ICE Bavaria Express mit der Laufnummer 4100 kurz nach Verlassen des Hauptbahnhofs Hamburg entführt.
Mehr als 200 Passagiere des Hochgeschwindigkeitszuges befinden sich nichtsahnend auf einer Reise, die sich zu einem dramatischen Wettlauf mit der Zeit entwickelt. Nach den ernstzunehmenden Drohungen des Entführers scheint eine Katastrophe unausweichlich bevorzustehen...«

Für
meine große Liebe
M.L.

Vorbemerkungen

Diese Geschichte ist in ihren Einzelheiten und ihrer Gesamtheit vom Autor frei erfunden. Lediglich die Orte der Handlungen, technische Angaben und Berechnungen entsprechen der Realität. Sämtliche Personen und Handlungen sind vom Autor ebenfalls frei erfunden. Ähnlichkeiten sind nicht beabsichtigt und wären daher rein zufällig.

Hinweis

Es erscheint mir sehr wichtig zu erwähnen, dass das Manuskript zu diesem Roman bereits vor dem 3. Juni 1998, der ICE-Katastrophe von Eschede, inhaltlich abgeschlossen war.

Der Autor

Inhalt

Prolog	10
Ein Jahr später	14
Nachwort	130
Anhang I Abschiedsbrief	131
Anhang II Vernehmungsprotokoll	142
Dank	148

Prolog

Der 28. Juli 1993 – übrigens ein Mittwoch – war zumindest bis in die frühen Nachmittagsstunden für die Bewohner des kleinen Vororts Hamburg-Stelle ein ganz gewöhnlicher Hochsommertag. Bereits gegen elf Uhr meldete die Wetterstation am Flughafen Fulsbüttel eine Rekordtemperatur von exakt 30,9 Grad Celsius im Schatten. Man hörte nur gelegentlich einige Autos von der sonst so viel befahrenen Bundesstraße, die unweit der Steller Neubausiedlung vorbeiführte. Wer eine Terrasse oder gar einen Swimmingpool besaß, war heute dort garantiert anzutreffen. Auf jeden Fall suchte sich jeder, der es irgendwie einrichten konnte, ein schattiges Plätzchen, um dieser unerträglichen Hitze aus dem Wege zu gehen. Sie hatte sich nun schon seit mehr als drei Wochen durch das nahezu ortsfeste Hochdruckgebiet mit dem meteorologischen Namen *Sebastian* über ganz Deutschland gelegt.

In der Travemünder Straße 12, einem Grundstück mit großzügigem Einfamilienhaus, bereitete sich Christiane Fiedler mit ihrer sechsjährigen Tochter Melanie auf ein Picknick vor. An solch heißen Sommertagen kam es durchaus schon einmal vor, dass sich die Fiedlers zu einem Picknick an einem nahegelegenen Baggersee verabredeten. Es war gegen 14.10 Uhr.

»Sicherlich wird es eine schöne Überraschung, wenn wir Papi zu einem Picknick nach der Arbeit einladen, nicht wahr, Mutti?«

»Davon bin ich fest überzeugt«, entgegnete ihre Mutter und schloss den Deckel der Kühltasche. In dieser hatte sie zuvor alles verstaut, was zu einer ausgiebigen Mahlzeit im Freien gehörte. Nicht nur an das gut gekühlte Bier, das ihr Mann Alexander nach der Arbeit so gern trank, hatte sie gedacht. Vor allem die Himbeermarmelade, frisches Weißbrot, Brötchen und Butter, aber auch Kaffee und Eistee durften nicht fehlen.

Eigentlich ist es diesmal kein richtiges Picknick, dachte Christiane Fiedler, als sie noch einmal nachschaute, ob sie auch nichts vergessen hatte.

Die heftige Auseinandersetzung mit ihrem Mann war ihr seit den frühen Morgenstunden nicht mehr aus dem Kopf gegangen. Sie musste sich eingestehen, dass sie künftig die unnachgiebige Haltung ihrem Ehemann gegenüber nicht weiter aufrechterhalten konnte. Dass sie ihn immer wieder aufforderte, sich doch endlich eine andere Arbeit zu suchen, empfand er als persönlichen Angriff auf seine berufliche Qualifikation. Auch wenn er dies energisch leugnete. Bei mehr als fünfeinhalb Millionen Arbeitslosen war es nur gut und beruhigend zugleich, dass ihr Mann nicht dazugehörte. Christiane Fiedler war bewusst, dass es ihnen, aus dieser Perspektive betrachtet, noch relativ gut ging. Sie wünschte sich in diesem Augenblick mit ihrem Ehemann wieder versöhnlich zusammen zu sein. Und schließlich erwartete sie ja ihr zweites Kind, auf das sie sich ungemein freute. Es darf jetzt einfach keinen Anlass mehr für Sorgen und Probleme geben, nahm sie sich ganz fest vor.

Christiane Fiedler drängte ihre Tochter erneut zur Eile. Bis zur Arbeitsstelle ihres Mannes brauchten sie mindestens zwanzig Minuten, wenn sie zügig mit den Fahrrädern unterwegs waren.

»Fahre bitte immer auf der rechten Seite hinter mir her, Melanie, und pass auf die Autos auf!«, ermahnte sie auch diesmal ihre Tochter, bevor sie sich mit den Rädern auf den Weg machten.

»Aber das tue ich doch immer, Mutti«, entgegnete Melanie, als beide das Grundstück verließen.

An diesem Nachmittag wusste Alexander Fiedler nicht, dass sich seine Familie auf dem Weg zu seiner Arbeitsstelle befand. So konnte er es sich natürlich auch nicht erklären, dass zuhause niemand ans Telefon ging. Er hatte mehrmals versucht, seine Frau zu erreichen. Sein schlechtes Gewissen hatte ihn den ganzen Vormittag einfach nicht in Ruhe gelassen. Die morgendliche Auseinandersetzung mit seiner Frau machte ihm doch mehr zu schaffen, als er sich eingestehen wollte. Wieder einmal hatte er sich rechtfertigen müssen. Dabei lag es weiß Gott nicht an ihm, dass sein Arbeitgeber in den letzten Monaten das Gehalt so unregelmäßig überwiesen hatte. Und dass er sich endlich nach einer anderen Arbeit umsehen solle, konnte er mittlerweile von seiner Frau auch nicht mehr hören.

Als sie erneut diese Forderung stellte, war er einfach ausgerastet. Er hatte angefangen herumzuschreien und sich obendrein seiner Frau gegenüber unfair verhalten. Als sie ihm dann auch noch mitteilte, das sie erneut schwanger sei, hatte er plötzlich die Beherrschung verloren. Was er ihr daraufhin an Beleidigungen und Vorwürfen an den Kopf geworfen hatte, vermochte sein Kurzzeitgedächtnis einfach nicht mehr zu speichern. Er war für einen Augenblick nicht mehr er selbst gewesen, der achtunddreißigjährige Alexander Fiedler, der bis dahin treusorgende Ehemann und Familienvater. Nein, das konnte nicht er gewesen sein, der seine junge und attraktive Ehefrau so angeschrieen und gedemütigt hatte, redete er sich immer wieder ein. Dafür gab es keine Entschuldigung. Von einem auf den anderen Moment war er förmlich explodiert - seine Reaktion erinnerte ihn unwillkürlich an einen überhitzten Schnellkochtopf. Der psychische Druck, der schon eine ganze Zeit auf ihm gelastet hatte, schien an diesem Morgen den kritischen Grenzwert überschritten zu haben...

Erneut versuchte Alexander Fiedler seine Ehefrau anzurufen. Wie er sich ihr gegenüber verhalten hatte, hatte ihm einfach leid getan.

»So etwas wie heute morgen hätte nicht passieren dürfen. Ich hätte mich zusammennehmen müssen«, begann er sich nun laut Vorwürfe zu machen, als zum wiederholten Male das Freizeichen aus dem Telefonhörer ertönte. Es meldete sich niemand.

Zu diesem Zeitpunkt hatten Christiane Fiedler und ihre Tochter Melanie bereits mehr als zwei Kilometer mit ihren Fahrrädern zurückgelegt.

Sie näherten sich gerade einem unbeschrankten Bahnübergang. An dieser Stelle mussten sie die Bahnlinie Hamburg-Hannover überqueren, bevor sie dann nach weiteren fünfhundert Metern die Arbeitsstelle ihres Mannes erreichen würden. Beide fuhren zügig mit ihren Rädern auf den Bahnübergang zu, dessen Lichtzeichenanlage an diesem Nachmittag durch irgendeinen technischen Defekt ausgefallen war.

Was sich in den darauffolgenden Sekunden ereignete, protokollierte die Staatsanwaltschaft so:

Staatsanwaltschaft Hamburg Wandsbeck, Vernehmungsprotokoll vom 30.07.1993:
Zeugenvernehmung des ICE-Lokführers Holger Winkelmann, geb.*19.03.1940 in Kaltenkirchen,
wohnhaft Bernadottestrasse 18, Hamburg Othmarschen:

»Am 28.07.1993 befand ich mich mit dem ICE Hohenzollern auf der Fahrt von Hamburg nach Frankfurt-Hauptbahnhof. Gegen 14.28 Uhr näherte ich mich dem Bahnübergang Hamburg-Stelle. Dabei sah ich plötzlich in ca. dreihundert Metern Entfernung, wie ein Radfahrer beim Überqueren der Gleise zu Fall kam und im Begriff war aufzustehen. Eine ihr daraufhin zur Hilfe eilende Person – vermutlich ein Kind – begab sich ebenfalls auf den Gleiskörper, ohne jedoch das Herannahen des ICE zu bemerken.

Sekundenbruchteile später wurden beide Personen überrollt. Eine von ihnen legte sich schützend über die andere am Boden befindliche Person. Sie stieß einen schrecklichen Schrei aus, den ich im Führerstand noch sehr deutlich hören konnte und der mir durch Mark und Bein ging.

Durch die Wucht des Aufpralles, der bei circa 160 km/h erfolgte, wurden daraufhin die Sicherheitseinrichtungen des Hochgeschwindigkeitszuges automatisch aktiviert. Nach weiteren 750 Metern kam der ICE zum Stillstand. Ob die Signaleinrichtungen am Bahnübergang Stelle einwandfrei funktionierten, kann ich mit letzter Sicherheit nicht bestätigen. Weitere Angaben zu diesem Vorfall möchte ich nicht machen.«

Dr. W. Klemm   Holger Winkelmann
(Oberstaatsanwalt)   (Zeuge)
Das Protokoll wurde gegen 10.45 Uhr geschlossen.

Die Rekonstruktion des Unfallhergangs ergab, dass beim Überqueren des Bahnüberganges eine Stoff-Tragetasche aus Leinen, die Christiane Fiedler an ihren Fahrradlenker gehängt hatte, in die Speichen des Vorderrades geraten war. Dadurch kam sie offensichtlich mit ihrem Fahrrad ins Straucheln und stürzte auf die Gleise. Ihre sechsjährige Tochter Melanie hatte, als sie ihrer Mutter zu Hilfe eilte, offenbar nicht bemerkt, das der ICE Hohenzollern sich in rasendem Tempo dem Bahnübergang näherte.

Ob tatsächlich ein Ausfall der Lichtzeichenanlage vorlag und warum dieser Umstand dem ICE-Führer nicht rechtzeitig gemeldet worden war, konnte auch durch aufwendige Untersuchungen nicht mehr zweifelsfrei geklärt werden. Laut Abschlußbericht der Untersuchungskommission führte wohl die Verkettung mehrerer unglücklicher Umstände im technisch-menschlichen Bereich zu diesem tragischen Unglücksfall...

Ein Jahr später...

Martin Kronberger kaufte sich stets vor Dienstantritt im Pressezentrum des Hauptbahnhofs Hamburg eine Tageszeitung. Und so kam er auch an diesem Morgen dort vorbei. Die Verkäuferin grüßte ihn herzlich und fragte wie gewöhnlich, welche Tagestour er vor sich hatte. Sie kannten sich seit Kronberger noch in der Ausbildung zum Lokführer gewesen war und seine Karriere bei der Eisenbahn begonnen hatte. Das war vor fast zwanzig Jahren, erinnerte er sich. Nach der Lehre zum Werkzeugmacher hatte ihn das Interesse an großen Maschinen einfach nicht mehr losgelassen. Der Gedanke, sie zu beherrschen und unter Kontrolle zu haben, faszinierte ihn damals. Bereits wenige Wochen nach der Gesellenprüfung hatte er die Ausbildung zum Lokführer aufgenommen. Er lernte dabei alle Fahrzeuge zur Genüge kennen: angefangen bei der Draisine, einem Hilfsfahrzeug für Instandsetzungsarbeiten, über Dieselloks für den Güter- und Personenverkehr, bis hin zu den Schienenfahrzeugen des Rangierdienstes.

Kronbergers Kollegen witzelten gern über ihn: »Martin kennt und fährt fast alles, was auf die Spur der Eisenbahn passt. Ein Wunder eigentlich, dass er noch keine eigene Lok gebaut hat.« Seine zielstrebige und ausdauernde Art wurde im Kollegenkreis durch Anerkennung und Respekt belohnt. Schließlich bot sich für Kronberger die Chance, an einer achtzehnmonatigen Ausbildung zum Triebwagenführer für Hochgeschwindigkeitszüge teilzunehmen. Für ihn bedeutete das, den Anschluss an das Zeitalter der modernsten Technik der Eisenbahn gefunden zu haben.

Innerhalb kürzester Zeit konnte er mit komplizierten Formeln und physikalischen Gesetzen umgehen. Er lernte den Umgang mit elektrischen Antriebsaggregaten, die mehr als 5000 KW elektrische Leistung auf die Achsen der neuen Züge übertragen konnten und Höchstgeschwindigkeiten von bis zu 280 Stundenkilometern möglich machten. Der technische Fortschritt hatte sich auch auf seinen neuen Arbeitsplatz ausgewirkt. Die Reisegeschwindigkeit war mit den modernen Zügen doppelt so hoch wie bei den bisherigen Zügen. Damit hatte er sich vertraut gemacht. Die Erfahrungen, die Kronberger hierbei sammelte, beeindruckten ihn einerseits sehr, gaben ihm aber auch Anlass, über diese Entwicklung kritisch nachzudenken. Andererseits war ihm klar, dass dies nun einmal der Lauf der Zeit war, und schließlich lautet die Devise: nur wer schneller, weiter und höher kommt, hat die Nase vorn.

»Meine Damen, darf ich um Ihre geschätzte Aufmerksamkeit bitten. Ich möchte Ihnen Jessika Buchbinder vorstellen. Sie wird uns in den nächsten Tagen als Praktikantin tatkräftig zur Seite stehen und uns ganz schön auf die Finger gucken. Ich heiße Sie, Frau Buchbinder, im Namen unseres Zugbegleiterteams an Bord des ICE 4100 Bavaria-Express recht herzlich willkommen und wünsche viel Spaß bei der Arbeit.«

Chef-Zugbegleiter Stefan Schuhmacher war ein sympathischer junger Mann von gerade 35 Jahren. Er war weit über die Grenzen von Hamburg hinaus bei Kolleginnen und Kollegen beliebt und bekannt, was er ausschließlich seinem beruflichen Engagement verdankte. Seit mehr als drei Jahren war er maßgeblich daran beteiligt, das Ausbildungskonzept für das Zugbegleitpersonal der IC- und ICE- Fernreisezüge weiterzuentwickeln. Er war nicht nur verantwortlich dafür, welche Auswahlkriterien für zukünftige Zugbegleiter festgelegt wurden. Schuhmacher verfügte auch über ein hohes Maß an Fachwissen aus allen Bereichen, die ein Chef-Steward, wie er oft genannt wurde, für alle erdenklichen Situationen parat haben musste. Dazu gehörte auch eine psychologische Ausbildung, wie am besten mit Fahrgästen aller Altersgruppen und Berufsschichten umzugehen war. Schuhmacher hatte zweifellos die nötige Toleranz, verfügte aber auch über Autorität und Durchsetzungsvermögen.

Er hatte vier Kolleginnen zur Seite, deren vorrangige Aufgabe es war, sich um die Belange der Fahrgäste zu kümmern. Und wenn es mal eng beim Personal wurde, sprang auch er gelegentlich ein, um seine Kolleginnen zu entlasten.

An diesem Morgen bestand das Zugbegleiterteam aus Frau Sonnemann, die Sprecherin der Kolleginnen des Zugbegleitpersonals, Frau Bachmeier, einer erfahrenen Mitarbeiterin aus der Hotel- und Gaststättenbranche, sowie Frau Tietjen und Frau Gabler. Die beiden waren seit etwa einem Jahr im Geschäft und damit die Mitarbeiterinnen, die am kürzesten unter Chef-Zugbegleiter Schuhmacher arbeiteten.

Jessika Buchbinder war dem Zugbegleiterteam von der Zentrale der Deutschen Bahn AG in Frankfurt als Praktikantin zugeordnet worden – eine relativ übliche Praxis. Für alle Teammitglieder bedeutete dies zumindest am ersten Tag eher eine Mehrbelastung als eine Unterstützung. Die neue Mitarbeiterin musste zunächst einmal mit allen örtlichen Gegebenheiten vertraut gemacht werden, bevor sie bestimmte Aufgaben selbständig erledigen konnte. Letztlich jedoch trugen für sie das Team und der Chef-Zugbegleiter die volle Verantwortung. An diesem Tage also Stefan Schuhmacher.

So hielt er es stets für das Beste, eine neue Mitarbeiterin zunächst in seiner Nähe zu haben, um ihr die wichtigsten Einrichtungen und Tätigkeiten vor Beginn einer Reise zu erklären. Er erläuterte der Praktikantin in knappen Stichworten, welche technischen Einrichtungen er zur Verfügung hatte. Dazu gehörte auch die Bedienung der Sprechanlage, über die er einerseits zu den Fahrgästen sprechen konnte, die es ihm andererseits aber auch ermöglichte, sich mit dem Triebwagenführer in Verbindung zu setzen. Darüber hinaus war es auch möglich, über ein stationäres Bahnfunkgerät Kontakt zur nächsten Leitzentrale herzustellen. Das kam allerdings nur in Ausnahmefällen vor.

Jessika Buchbinder hörte den Erläuterungen des Chef-Zugbegleiters interessiert zu und war zugleich fasziniert von den vielen technischen Einrichtungen, den Möglichkeiten der Kommunikation und dem Service.

»Das ist ja ein richtiges Kommunikationszentrum, das Sie hier zu betreuen haben«, bemerkte Jessika Buchbinder, als Schuhmacher einige Unterlagen sichtete, die er für die anstehende Reise zusammen mit anderen Papieren auf seinem Tisch verteilte.

»Ja, so kann man dieses technische Wunderwerk, das wir hier auf so kleinem Raum untergebracht haben, durchaus bezeichnen«, erwiderte er. Die Praktikantin, die sich neugierig nach weiteren Details erkundigte, hörte gar nicht auf, Fragen zu stellen.

Danach erklärte Schuhmacher Jessika Buchbinder, wie die Videobänder mit den Filmen zu wechseln waren, die sich die Fahrgäste der ersten Klasse auf einem kleinen Monitor an ihren Sitzplätzen anschauen konnten. Durch einen kurzen Blick auf die Uhr stellte er fest, dass es inzwischen an der Zeit war, wie üblich den Restaurant-Wagen aufzusuchen, um sich dem Personal vorzustellen, das an diesem Morgen gewechselt hatte. Bis zur Abfahrt waren es nur noch zehn Minuten.

»Bitte entschuldigen Sie mich einen Augenblick. Ich muss im Speisewagen noch einige Dinge klären und das Personal im Bordrestaurant begrüßen. Bleiben Sie ruhig hier und schauen Sie sich derweil ein bisschen um. In einigen Minuten bin ich wieder bei Ihnen«, sagte Schuhmacher zu seiner Praktikantin. Diese wandte sich daraufhin der Videoanlage zu, in

deren Kassettenfach ein Werbefilm eingelegt war. Der Titel lautete:
Eine Traumreise mit dem ICE der Deutschen Bahn-AG...

Martin Kronberger hatte bereits den Bahnsteig erreicht und sah schon in einiger Entfernung auf Gleis 8 seinen Zug stehen. Er war zuvor vom Betriebspersonal des nahegelegenen Bahnbetriebswerkes Hamburg-Eidelstedt bereitgestellt worden und wartete nun auf die Weiterfahrt. Er war einer der modernen ICE-Züge, die die Deutsche Bahn AG auf zunächst drei Fernreisestrecken einsetzte.
Seit gut einem Jahr fuhr Kronberger regelmäßig diesen Zugtyp von Hamburg nach Fulda und zurück. Für die jeweils circa 400 Kilometer lange Strecke brauchte er nur zweieinhalb Stunden. Als Kronberger sich dem wartenden ICE genähert hatte, beschlich ihn das sonderbare Gefühl, diesem Koloss aus Metall und Kunststoff mit seiner komplizierten Elektronik irgendwie ausgeliefert zu sein. Gleichzeitig war er sich ganz sicher, diesem technischen Wunderwerk bis ins letzte Detail überlegen zu sein. Und dennoch überkam ihn an diesem Morgen ein leichtes Herzklopfen, als er die Tür zu seinem Arbeitsplatz aufschloss.
Kronberger hatte im Führerstand Platz genommen. Ein Zeitvergleich ergab, dass ihm noch acht Minuten bis zur Abfahrt blieben, um den vorgeschriebenen Kontroll-Check durchzuführen. Danach würde er sich beim Begleitpersonal des Zugs und schließlich der wichtigsten Stelle, der Betriebsleitung Hamburg-Hauptbahnhof, anmelden, um das Okay für den Start der Reise zu erhalten.
Er blickte kurz auf den Bahnsteig und sah, wie Reisende mit Gepäck und anderen Utensilien den Zug bestiegen oder sich noch mit Angehörigen und Freunden unterhielten. In der Mitte des Zuges wurde der Restaurant-Wagen mit Getränken und Speisen beladen, damit die Bordküche ihren gewohnten Service erfüllen konnte.

Bevor der Zug den Bahnhof verläßt und während der Fahrt zeitweise Höchstgeschwindigkeiten bis zu 280 km/h erreicht, ist ein gründlicher Check im Führerstand vorgeschrieben. Der ICE verfügt über drei Bremsanlagen, die jeweils unabhängig voneinander arbeiten. Es muss unter anderem überprüft werden, ob der Bremsdruck ausreicht. Eines der vielen Anzeigeinstrumente zeigt dem Zugführer auf einem Display die Fahrdrahtspannung der Oberleitung von 15000 Volt und 16 2/3 Hertz an. Diverse Mess- und Kontrollanzeigen informieren ihn über den Zustand einer Reihe weiterer technischer Einrichtungen dieses Zuges.

Kronberger wandte sich wieder den Kontrollaufgaben zu. An die Fülle und Bedeutung dieser Informationen hatte Kronberger sich im Laufe der Zeit gewöhnt. So wurde für ihn der tägliche Check im Führerstand fast so üblich wie das morgendliche Rasieren vor dem Spiegel.

Jessika Buchbinder gefiel es richtig gut an diesem Ort. So aufregend, wie vor dem Start eines großen Flugzeuges, dachte sie für einen Augenblick. Sie verglich diesen Ort unwillkürlich mit dem tristen Klassenzimmer der 9s-Klasse in der Gesamtschule Hamburg-Billstedt - eine totale Abwechslung, stellte sie nüchtern fest. Im Team einer Zugbegleitung tätig zu sein, das war ein Arbeitsplatz, wie sie sich ihn in der Zukunft durchaus vorstellen konnte.

Doch ihre Träumerei wurde schon nach wenigen Augenblicken durch ein aufdringliches Klopfen außen an der Tür unterbrochen. Sie stand auf und betätigte den automatischen Türöffner, so dass sich die Tür fast lautlos öffnete und den Blick auf den Bahnsteig freigab. Sie sah einen Mann in einer Art Arbeitskleidung. Er trug einen auffälligen Overall mit der Aufschrift SYSTEM SERVICE.

»Guten Morgen, junge Frau«, begrüßte er die Praktikantin.

»System Service, Bahnbetriebswerk Hamburg-Eidelstedt«, fügte er noch hinzu.

»Ich muss im Antriebsfahrzeug einige Überprüfungen durchführen, bevor es auf die Reise gehen kann.«

Jessika Buchbinder gewährte dem Servicetechniker Zugang zum Triebfahrzeug, ohne sich weiter um ihn zu kümmern. Sie stellte fest, dass er sich recht gut auskannte, denn er ging zielstrebig durch eine schmale Seitentür, die er mit einem Schlüssel hastig öffnete. Der Service-Techniker verschwand daraufhin in einem engen Korridor. Die Praktikantin konnte für einen kurzen Augenblick durch den geöffneten Türspalt weitere technische Einrichtungen sehen, die offensichtlich für den Antrieb des Zuges verantwortlich waren.

Einen Moment lang kam ihr diese Situation merkwürdig vor. Sie empfand das Verhalten dieses Mannes als irgendwie unsicher. Sein Gesichtsausdruck hatte etwas Trauriges, ja Deprimiertes, das Jessika Buchbinder nicht so recht einordnen konnte. Vielleicht bewertete sie diese Situation auch falsch, korrigierte sie sich. Wer hat schon morgens um diese Zeit den rechten Schwung und Elan bei der Arbeit.

Diese Gedanken wurden durch die Zugbegleiterin Sonnemann unterbrochen. Sie erschien im Serviceraum, um aus ihrem Schrank einige Schminkutensilien zu holen. Während sie sich das dezente Rot ihrer Lippen etwas nachzog, wandte sie sich der Praktikantin zu.

Kronberger war gerade dabei, die Klimaanlage auf angenehme 22 Grad einzustellen, als er aus dem Lautsprecher eine Stimme vernahm.

»Hier ist die Betriebsleitung Hamburg-Hauptbahnhof. Ich rufe die Zugnummer 4100, ICE Bavaria-Express für die Fahrt von Hamburg-Hauptbahnhof nach München-Hauptbahnhof, fahrplanmäßige Abfahrtszeit 7.48 Uhr, auf.«

Kronberger schaltete die Freisprecheinrichtung ein, um der Betriebsleitung mitzuteilen, dass er anwesend und der Zug technisch bereit sei.

»Guten Morgen, hier ist die Zugnummer 4100, Kronberger, Gleis 8, mit Fahrtbereitschaft und Zielbahnhof Fulda.«

»Kollege Kronberger«, kam es von der Betriebsleitung sofort zurück, wodurch das Gespräch nicht mehr so offiziell und amtlich klang. »Bis zur Abfahrtszeit sind es noch 3 Minuten und 45 Sekunden. Sie haben zunächst Ausfahrt bis Hamburg-Finkenwerder, Abzweigung Wilhelmshöhe. Bis dorthin bitte gemäß Streckenbuch vorfahren.«

Kronberger wiederholte die Anweisungen der Betriebsleitung und meldete das technische Okay. Wenige Augenblicke später erhielt er freie Ausfahrt – das Hauptsignal 20 Meter vor dem Zug wechselte von rot auf grün. Kronberger wartete nun nur noch darauf, dass ihm das Zugbegleitpersonal akustisch signalisierte, am Bahnsteig sei alles für die Abfahrt bereit.

»Frau Buchbinder, Sie können in wenigen Augenblicken Ihren ersten ICE auf die Reise schicken, wenn Sie Mut dazu haben.«

»Wie meinen Sie das, Frau Sonnemann?«, wollte die Praktikantin etwas genauer wissen.

»Ganz einfach«, erwiderte diese. »In zwei Minuten geht die Reise los, und da werde ich Ihnen beim *Ready for take off* helfen. So nennen wir es hier, wenn ein Zug auf die Reise geschickt wird.«

Sie betraten gerade den Bahnsteig, als über die Lautsprecher die Abfahrtsdurchsage für den ICE 4100 hallte:

»Achtung am Gleis 8. ICE Bavaria-Express nach München über Hannover, Fulda, Kassel, Würzburg. Vorsicht bei der Abfahrt! Türen schließen automatisch«.

»Das sind wir«, bemerkte Frau Sonnemann. Sie gab der Praktikantin eine kleine rot-grüne Anzeigenkelle, die sie wenige Augenblicke später auf Anweisung in die Höhe hielt.

Dies war für Kronberger der Hinweis, dass sich alle Fahrgäste an Bord befanden und die Türen frei von Personen und Gegenständen waren. Er aktivierte daraufhin die Türverriegelungsautomatik, die verhinderte, dass Fahrgäste während der Fahrt die Türen öffnen konnten.

Nachdem Frau Sonnemann und die Praktikantin wieder zugestiegen waren, wurde Kronberger signalisiert, dass nun sämtliche Türen des Zuges geschlossen waren.

Mit einem sanften Druck auf einen Hebelmechanismus bediente Kronberger die elektrischen Antriebsmotoren mit ihren jeweils 4500 KW Leistung. Der ICE begann sich nur wenige Sekunden später langsam, fast behäbig, aus seiner Ruhelage in Bewegung zu setzen.

Es war der Anfang einer Reise, die für die Passagiere des Bavaria-Express noch äußerst dramatisch werden sollte...

Nachdem Schuhmacher wieder im Service-Abteil eingetroffen war, wurde es Zeit, die Fahrgäste über die Bordsprechanlage zu begrüßen.

»Diese erste persönliche Kontaktaufnahme mit den Fahrgästen ist eines der wichtigsten Momente, nachdem wir einen Bahnhof mit Zwischenhalt verlassen haben«, erklärte Schuhmacher der Praktikantin. Sie war gerade damit beschäftigt, den so genannten Streckenbegleiter zu studieren, ein Informationsblatt mit allen Fahrzeiten und Strecken, Hinweisen zu Personalwechsel, Anschlusszügen für Rückfahrten des Personals und vieles mehr. Jessika Buchbinder wandte sich nun Schuhmacher zu, um die Durchsage zu verfolgen.

»Meine Damen und Herren. Mein Name ist Stefan Schuhmacher und ich bin ihr Chef-Zugbegleiter. Ich darf Sie an Bord des ICE 4100 Bavaria-

Express auch im Namen meines Teams recht herzlich begrüßen und wünsche Ihnen eine angenehme Reise. Das Bordrestaurant befindet sich...«

Kurz nachdem er die Durchsage beendet hatte, blinkte auf einem Anzeigetableau ein weißes Lämpchen, begleitet von einem akustischen Signalton.

»Dies ist eine Service-Anforderung aus dem 1. Klasse-Abteil«, erklärte Schuhmacher der etwas ratlos dreinschauenden Praktikantin und informierte sie:

»Das 1. Klasse-Abteil ist gleich der nächste Wagen, wenn Sie durch diese Tür hindurchgehen«.

»Frau Sonnemann wird Sie dorthin begleiten, und Sie können gleich selbst den Fahrgast, der den Serviceknopf betätigt hat, nach seinem Wunsch fragen.«

Die Praktikantin bekam schon eine Ahnung davon, dass ihr diese Arbeit in einem Zug nicht langweilig werden würde. Was für einen Grund hatte dieser Fahrgast wohl, sie über die Rufeinrichtung zu bestellen. Jessika Buchbinder überlegte einen Augenblick. Ihr fielen die verschiedensten Möglichkeiten ein. Vielleicht möchte er telefonieren und weiß nicht, wo sich das nächste Zugtelefon befindet, oder er möchte wissen, wie die Musikanlage an seinem Platz bedient wird oder oder...

Als sie mit Frau Sonnemann das 1. Klasse-Abteil betrat, hob schon ein Herr mittleren Alters die Hand und winkte sie zu sich.

»Entschuldigen Sie bitte, meine Damen, können Sie mir vielleicht eine Kopfschmerztablette mit einem Glas Wasser bringen? Ich habe fürchterliche Kopfschmerzen, die ich unbedingt loswerden muss, bevor ich in Hannover eintreffe. Dort habe ich nämlich mit meinem Geschäftspartner wichtige Vertragsabschlüsse zu tätigen. Und dazu brauche ich einfach einen klaren Kopf.«

»Aber selbstverständlich«, entgegnete Frau Sonnemann dem sichtlich beunruhigten Herrn, der sich die Stirn massierte und so versuchte, seine Schmerzen zu lindern.

Die Praktikantin betrachtete den Geschäftsmann einen Augenblick lang, seinen teuren Nadelstreifenanzug und die große auffallende Rolex-Uhr, die sich protzig an seinem Handgelenk hin und her bewegte. Sie konnte dabei bequem die Uhrzeit ablesen. Es war 7.56 Uhr. Frau Buchbinder begab sich auf den Weg zur Bordapotheke, die sich in einem größeren Wandschrank in der Kabine des Chef-Zugbegleiters befand. Als sie das 1. Klasse-Abteil verließ, fiel ihr plötzlich wieder die Begegnung mit diesem Servicetechniker ein, der ihr vor Beginn der Reise aufgefallen und irgendwie hilflos erschienen war. Gerade so hilflos, wie der Geschäftsmann, für den sie nun unterwegs war. Sie fragte sich, wo dieser Servicetechniker wohl abgeblieben sein konnte. Schließlich hatte sie ihn nach dieser kurzen Begegnung nicht wieder gesehen. Wahrscheinlich hat er den Zug bereits vor der Abfahrt wieder verlassen.

Je mehr Jessika Buchbinder über diese Begegnung nachdachte, um so stärker verspürte sie eine innere Unruhe. Sie hatte das Gefühl, als ob sich etwas Unvorhergesehenes und Bedrohliches zu nähern schien. Es war wie ein plötzlich aufziehendes Gewitter. Aber was um Himmels Willen hatte dies alles zu bedeuten?

Kronberger steuerte den ICE mit circa hundert Stundenkilometern durch den Bahnhof Hamburg-Harburg. Nach weiteren fünf Kilometern würde dann die »Anlaufphase« beendet sein, wie er die ersten Kilometer einer Zugfahrt nannte. Hierbei ließ er sich immer wieder aufs Neue mit den hochmodernen Mess- und Anzeigeinstrumenten des Führerstandes ein. Er vertraute ihnen sein Leben und das der Passagiere an. Allerdings vermied er es stets, ihnen blind zu gehorchen. Bloß keine Routine aufkommen lassen! Kronberger war sich dessen bewusst, dass Alltagsroutine verheerende Folgen haben und unabsehbare Konsequenzen nach sich ziehen konnte, wenn man diese intelligente Maschine auch nur für einen Augenblick sich selbst überließ.

Es war keine Angst, die Kronbergers Verhältnis zu seinem Umgang mit der Technik an diesem Arbeitsplatz geprägt hatte. Nein, es war eher eine Mischung aus Respekt, Vorsicht und gesundem Misstrauen. Letztlich, sagte er sich, steht hinter allem der Mensch. Und dieser musste zu jeder Zeit in der Lage sein, in Automatismen einzugreifen, um Störungen und deren Auswirkungen so gering wie möglich zu halten, was besonders für die vielgefürchteten WORST-CASE-SITUATIONS in den Hochgeschwindigkeitszügen galt. Solche im Fachjargon als »Grenzwertereignisse« bezeichnete Situationen traten gelegentlich in computergesteuerten Einrichtungen auf. Schon mancher Fahrstandführer eines ICE war dadurch vollkommen überrascht und vor schier unlösbare Probleme gestellt worden. Ein Horrorszenario, bei dem auch Kronberger schon gelegentlich über die vielgepriesene Technik fluchte.

Kronberger erinnerte sich nur zu gut daran, wie sich nach und nach die Arbeitsbedingungen für ihn und seine Kollegen gewandelt hatten und Veränderungen entlang der Strecken vorgenommen worden waren. Da wurden zum Beispiel in den letzten Jahren fast die Hälfte aller Signaleinrichtungen an den Ausbaustrecken demontiert und durch ausgefeilte Leittechniken ersetzt, was zweifellos für die Sicherheit der Bahntechnik sprach.

Der ICE passierte gerade das Betriebstellwerk Hamburg-Harburg, das den Streckenabschnitt von Hamburg-Wilhelmsburg bis Hamburg-Maschen betreut. Vorschriftsmäßig betätigte Kronberger die so genannte »Wachsamkeitstaste«.

Die »Wachsamkeitstaste« ist ein automatischer Handhebel, den der Triebwagenführer, abhängig von der aktuellen Reisegeschwindigkeit, in bestimmten Abständen betätigen muss. Dadurch signalisiert er, dass er sich ordnungsgemäß an seinem Platz befindet und die Kontrolle über den Zug hat. Sollte dies einmal nicht der Fall sein, so wird nach spätestens dreißig Sekunden eine Zwangsbremsung des Zuges eingeleitet. Innerhalb kürzester Zeit wird daraufhin der Zug bis zum Stillstand abgebremst. Der Triebwagenführer hat dann keinerlei Möglichkeit mehr, in diesen Prozess einzugreifen.

Diese Taste hatte Kronberger aus seiner Anfangszeit im Personennahverkehr noch besonders gut in Erinnerung. Damals fuhr er mit seinem Kollegen Seebach von Hamburg nach Kiel. Seebach war eigentlich ein sehr erfahrener Triebwagenführer. Er kam jedoch einmal auf die Idee, diese Wachsamkeitstaste zu fixieren. Dadurch hatte er beide Hände frei und konnte auf den folgenden dreißig Kilometern in Ruhe Zeitung lesen. Zumindest hatte er daran geglaubt. Er war jedoch so ins Lesen vertieft gewesen, dass er erst zu spät bemerkt hatte, wie eine Zwangsbremsung eingeleitet wurde. Das hätte ihn fast seinen Arbeitsplatz gekostet. Zum Glück war kein Fahrgast zu Schaden gekommen.

Kronberger würde diesen Vorfall wohl nie vergessen. Er hatte schließlich gelernt, dass Sicherheitseinrichtungen durchaus ihre Berechtigung haben.

Kronberger spürte, wie die Geschwindigkeit des ICE ständig zunahm und sich einem vorab eingestellten Endwert von zunächst 130 Stundenkilometern zu nähern begann. In wenigen Augenblicken würde er das Ende der Langsamfahrstrecke im Bereich von Hamburg hinter sich lassen. Dann würde er auch den Zuständigkeitsbereich des Bahnbetriebstellwerks Hamburg-Harburg verlassen und den Bavaria-Express nochmals deutlich beschleunigen: auf 170 Kilometer pro Stunde. Er konnte auf dem Geschwindigkeits-Display die Ziffer 125 ablesen und sah, wie sich die Umgebung nun ständig schneller an ihm vorbei zu bewegen schien.

Plötzlich wurde Kronberger durch ein lautes Knallen aus dem hinteren Teil des Triebfahrzeuges erschüttert. Er bemerkte wenige Augenblicke später, wie jemand den Führerstand betrat. Noch bevor Kronberger imstande war, sich umzudrehen, spürte er den Druck von einem harten Gegenstand in seinem Rücken und hörte hinter sich die Stimme eines Mannes, der ihm scheinbar emotionslos eröffnete, der ICE 4100 sei entführt. Eine Entführung seines Zuges mit Waffengewalt, fuhr es Kronberger wie ein Geistesblitz durch den Kopf. Sein Puls begann zu rasen, und das wiederum löste in ihm Gefühle von Panik aus. Dies schien einen Moment lang seinen gesamten Körper zu lähmen. Erst nach etlichen Augenblicken war Kronberger in der Lage, zu antworten.

»Wer sind Sie? Und was wollen Sie von mir?«

Der Mann stellte sich neben Kronberger. Spätestens jetzt wurde ihm klar, dass es sich um eine echte Entführung handelte. Sein ICE wurde entführt! Der Mann bedrohte Kronberger mit einer Pistole und machte einen äußerst nervösen und furchterregenden Eindruck. Aber was konnte Kronberger in dieser gefährlichen Situation nur tun?

Die Poststelle der Bahndirektion Hannover lag im Erdgeschoss eines modernen achtstöckigen Bürogebäudes unweit vom Hauptbahnhof. Dort wurden täglich bis zu 5000 Briefsendungen bearbeitet, von Kundenanfragen über Beschwerdebriefe, bis zu Verbesserungsvorschlägen oder Bewerbungsschreiben. Es gab so ziemlich alles, was jemanden veranlassen konnte, sich an die Bahndirektion zu wenden.

So waren auch an diesem Morgen des 28. Juli 1994 mehrere Postbeutel vom nahegelegenen Hauptpostamt eingetroffen. Sie wurden zunächst vorsortiert und gelangten danach unmittelbar in die erste Bearbeitungsebene: Das Öffnen der Sendungen, Überfliegen des Inhalts und schließlich die Zuweisung an die entsprechende Abteilung beziehungsweise die jeweiligen Sachbearbeiter.

Diese Tätigkeiten erledigte der Posteingangssachbearbeiter Kurt Hinrichs bei der Bahndirektion seit mehr als fünfzehn Jahren. Im Laufe dieser Zeit hatte er mit seinen Kollegen schon etliche Tonnen Post geöffnet und angelesen. Er glaubte, mittlerweile fast alles zu Gesicht bekommen zu haben, was Menschen im Stande sind, auf Papier zu bringen. Von übelsten Beschimpfungen über Drohungen und Erpressungen bis hin zu hochwissenschaftlichen Abhandlungen oder Gedichten. Ja, sogar selbstkomponierte Lieder, die der Bahn gewidmet waren, gingen durch seine Hände und wurden weitergeleitet.

Nachdem Hinrichs einen größeren Stapel Post bearbeitet hatte, wollte er eigentlich in die Frühstückspause gehen. Zuvor nahm er jedoch noch einen Brief von einem vorsortierten Bündel Briefsendungen. Das Kuvert war von der Aufmachung und Beschriftung her irgendwie auffällig gestaltet. Ein gelborange-farbenes Kuvert mit nicht genormten Abmessungen zwischen DIN A4 und DIN A5. Ein Absender war nicht vermerkt. Hinrichs setzte seinen Brieföffner am oberen Ende des Kuverts an. Vorsichtiger als bei den Briefen zuvor führte er einen präzisen Schnitt durch, um dem Inhalt näher zu kommen. Warum er das tat, wusste er eigentlich selbst nicht so genau. Aber irgend etwas hatte er im Gefühl. Ein gewisses Gespür war es wohl gewesen, das ihn veranlasste so zu handeln. Schließlich entnahm Hinrichs dem Kuvert ein zweifach gefaltetes gelbes Blatt Papier. Beim Anlesen und Überfliegen des Textes sprangen ihm einzelne Worte ins Auge: Entführung, ICE Bavaria-Express und ein konkretes Datum. Es war der 28. Juli 1994. Der heutige Tag! Sofort klingelten bei Hinrichs die Alarmglocken. An der Echtheit dieses Schreibens hatte er keinerlei Zweifel. Deshalb ließ er den Drohbrief mit einem Eilboten des Hauses unverzüglich der Rechtsabteilung überbringen, womit er sich präzise an die Dienstvorschrift hielt, die den Umgang mit Schreiben regelte, in denen strafbare Handlungen angedroht werden. Als der Eilbote den Zustellauftrag entgegennahm, notierte Hinrichs die Übergabezeit. Es war genau 8.05 Uhr.

Kleinwächter bastelte wieder einmal geduldig an Dienstplänen für den nächsten Monat herum. Wo soll ich nur die Leute herbekommen, schimpfte er vor sich hin. Seit er vor zwei Jahren die Leitung der Bahnbetriebszentrale Lüneburg übernommen hatte, lavierte er sich von Woche zu Woche und Monat zu Monat mit seinen zwölf Betriebsangestellten durch den Dreischichtenplan. Die Einführung der EDV in die Bahntechnik hatte das Personal regelrecht aufgesogen. Hinter vorgehaltener Hand wurde bereits darüber diskutiert, auch seine Dienststelle aufzulösen. Dann sollte von zentraler Stelle aus, sozusagen ferngesteuert, ohne jegliches Personal vor Ort, seine Arbeit und die der Kollegen von der Haupt-Betriebszentrale Hannover erledigt werden.

»Wo soll das alles bloß einmal hinführen«, dachte Kleinwächter, der den Ausdruck des Dienstplanes über den Drucker aufmerksam verfolgte. Das Produkt der vergangenen dreieinhalb Stunden sah er nicht ohne eine gewisse Zufriedenheit und Erleichterung. Er hatte es schließlich wieder einmal geschafft, seine Mitarbeiter in einem halbwegs vernünftigen Schichtdienstplan unterzubringen.

Auch Kleinwächter hatte anfangs seine Probleme mit den neuen Techniken bei der Bahn, die er im Laufe der Jahre kennen lernen musste und inzwischen sehr schätzte. Die große technische Revolution, wie er sie gern nannte, war in seinem Bereich zweifellos der Streckenausbau von Hamburg nach Hannover gewesen. So konnten seit zwei Jahren auf dem überwiegenden Teil dieses Abschnittes im Personenfernverkehr Höchstgeschwindigkeiten von annähernd 200 Stundenkilometern gefahren werden. Dieser Streckenabschnitt war mit einer hochmodernen Signal- und Gleisbautechnik ausgestattet worden. Und es seien noch gewisse Reserven nach oben vorhanden, argumentierte Kleinwächter gern, wenn Besuchergruppen die Betriebszentrale belagerten und ihn mit allen möglichen Fragen zu dieser neuen Bahntechnik löcherten. Dann verwies er schon einmal etwas ungeduldig auf die einschlägige Fachliteratur und weitere Informationsquellen.

Der Überwachungs- und Einzugsbereich der Betriebszentrale Lüneburg reichte im Norden bis kurz vor Hamburg und im Süden bis einschließlich Celle. Auf jedem Meter dieses Streckenabschnittes konnten Kleinwächter und sein Team sämtliche Zugbewegungen in verschiedenster Art und Weise überprüfen und auswerten.

Niemand kam an seiner Zentrale mit seinen drei Mitarbeitern pro Schicht vorbei, ohne sich ordnungsgemäß an- und abgemeldet zu haben. Es war üblich, schon im Vorfeld per Bahnfunk Anweisungen zu geben oder auch nur einfache Dinge zu klären, um für einen reibungslosen Zugverkehr zu sorgen und schließlich zu gewährleisten, dass die Fahrzeiten und Geschwindigkeiten eingehalten werden konnten.

Kleinwächter schaute kurz auf die Uhr, nachdem er den neuen Dienstplan auf Richtigkeit überprüft hatte, um ihn anschließend im Nebenraum, für alle Mitarbeiter einsehbar und verbindlich, anzubringen. Es war für ihn höchste Zeit, sich in die Leitzentrale zu begeben.

Als er vor einem der zahlreichen Monitore Platz genommen hatte, erkannte Kleinwächter sofort, dass sich nur wenige Kilometer von der Betriebszentrale entfernt ein ICE aus Richtung Norden näherte. Dieser Zug fuhr offensichtlich mit einer unverhältnismäßig hohen Geschwindigkeit in seinen Bereich ein.

Auf dem Bildschirm wurde diese Unregelmäßigkeit durch ein rot leuchtendes Symbol sichtbar, das gleichmäßig von links kommend nach rechts wanderte. Auf einem zweiten Monitor erkannte Kleinwächter, dass es sich um den ICE 4100 Bavaria-Express von Hamburg nach München handelte. Er war mittlerweile zwei Minuten zu früh. Seine vorgeschriebene Reisegeschwindigkeit hatte er für diesen Abschnitt um mehr als zwanzig Stundenkilometer überschritten.

»Der hat es aber ganz schön eilig«, bemerkte Kleinwächter und lenkte dadurch die Aufmerksamkeit seiner Kollegen auf sich.

Sie verfolgten von nun an das Herannahen des ICE auf dem Monitor etwas genauer. Schließlich war es recht ungewöhnlich, dass Zugführer die vorgeschriebenen Geschwindigkeiten nicht einhielten.

»Na, dem werden wir erst einmal Bescheid geben. Er kann doch hier nicht wie eine wildgewordene Sau in unserem Abschnitt herumdonnern und uns alles durcheinanderbringen«, wetterte Kleinwächter nun zunehmend unruhiger.

»Hier spricht die Betriebszentrale Lüneburg. Ich rufe den ICE 4100 Bavaria-Express von Hamburg nach München«, begann Kleinwächter seine Durchsage über den Bahnfunk.

Kronberger saß noch immer wie erstarrt in seinem Sessel. Er spürte, wie seine Kleidung am Körper klebte. Nur einen kurzen Augenblick schaute er in Richtung des Entführers, der ihn keinen Moment aus den Augen ließ.

»Na los!«, schrie er plötzlich Kronberger an, der sichtlich, wie vom

Blitz getroffen, zusammenzuckte.

»Sag deinen Kollegen schon, was mit diesem Zug hier passiert ist. Früher oder später werden sie es doch erfahren.«

Kronberger hatte schon damit gerechnet, dass man ihn im Zuständigkeitsbereich der Betriebszentrale Lüneburg wegen der überhöhten Geschwindigkeit sowie des unplanmäßigen Einfahrens in einen neuen Streckenabschnitt ansprechen würde.

»Hier ist der ICE 4100«, meldete sich Kronberger verunsichert.

»Sie haben es aber ziemlich eilig, Herr Kollege. Bitte überprüfen Sie die Sollgeschwindigkeit mit der Eintragung in Ihrem Streckenbuch. Sie liegen nämlich glatte zwanzig Stundenkilometer über dem vorgeschriebenen Wert und werden dadurch schon drei Minuten zu früh hier sein«, teilte die Betriebszentrale Kronberger mit.

Noch bevor er etwas sagen konnte, erhielt er einen korrigierten Fahrbefehl. So etwas war nur üblich, wenn größere Störungen und dadurch Verzögerungen beziehungsweise Verspätungen zu erwarten waren.

»ICE 4100, bitte reduzieren Sie auf 140 km/h bis Ausfahrt Radbruch. Dann wie angegeben laut Fahrtbuch weiter übernehmen.« Das war mehr als deutlich.

Durch diese Anweisung hatte Kronberger für die nächsten zehn Minuten seinen Zug der Betriebszentrale Lüneburg übergeben. Sie erteilte ihm dadurch die Anweisung, wie er seinen Zug zu führen hatte. Er war sich durchaus darüber im Klaren, dass dies ernsthafte Folgen nach sich ziehen würde. Kronberger würde sich seinem Vorgesetzten gegenüber rechtfertigen müssen, warum er diesen Streckenabschnitt mit überhöhter Geschwindigkeit befahren hatte. Er wusste, dass es keinen plausiblen Grund geben konnte, schneller als erlaubt zu fahren.

Der Entführer deutete mit heftigen Handbewegungen auf die Funksprecheinrichtung, um seiner Aufforderung an Kronberger Nachdruck zu verleihen.

»Sag diesem Schlaumeier endlich, dass ab sofort nicht du diesen Zug steuerst, sondern ich ihn unter meiner Regie fahren lasse. Und zwar so, wie es mir gefällt. Ist das klar?«

Der Entführer drückte Kronberger den Lauf der Pistole noch fester in die Seite, so dass er das kühle Metall auf seinem schweißgetränkten Hemd spürte.

»Hier ist der ICE 4100«, begann Kronberger die Meldung über die Entführung seines Zuges.

»Vor einigen Minuten ist der Bavaria-Express entführt worden. Ich habe ab sofort den Anweisungen des Entführers Folge zu leisten. Ende der Mitteilung«, waren Kronbergers letzte Worte an die Betriebszentrale Lüneburg...

Kleinwächter saß fassungslos vor den Monitoren und konnte es einfach nicht glauben, dass jemand einen ICE entführte. Eine Flugzeugentführung, ja, so etwas konnte er sich durchaus in der Realität vorstellen. Ebenso, dass ein Prominenter von Kriminellen bedroht wird, was ja leider immer wieder vorkam. Aber es entführte doch niemand einen Reisezug. Kleinwächter wollte dies einfach nicht wahrhaben.

»Was soll denn das?«, fragte er sich. Seine Kollegen starrten nun ebenfalls gebannt auf den Monitor, um das Herannahen des ICE zu verfolgen.

»In zwei Minuten ist er da«, bemerkte einer von ihnen und fügte hinzu,» aber noch immer viel zu schnell.«

Kleinwächter verlangte ein Fernglas. Er stellte ganz überrascht fest, dass beim Ansetzen des Feldstechers seine Hände zitterten und das angepeilte Gebiet wie bei einem Erdbeben leicht wackelte. Er hatte Mühe ein ruhiges Bild zu erhalten.

»Da ist er! Ich habe ihn vor der Linse«, rief Kleinwächter aufgeregt.

»Ja, ich erkenne eine zweite Person im Führerstand, die etwas in der Hand hält. Offensichtlich ist es eine Waffe, mit der der Entführer den Kollegen Kronberger bedroht.«

Kleinwächter stand wie angewachsen hinter dem Fernglas, mit geöffnetem Mund, als wollte er einen lauten Schrei von sich geben. Der ICE befand sich noch etwa fünfhundert Meter von der Betriebszentrale entfernt. Nun konnte Kleinwächter genau erkennen, dass der Entführer eine Pistole auf Kronberger richtete - ein endgültiger Beweis dafür, dass es sich nun doch um eine Entführung des Zuges und eine Geiselnahme des Zugführers handelte.

»Mein Gott, wir müssen sofort etwas unternehmen, bevor dieser Wahnsinnige die Nerven verliert und eine Katastrophe anrichtet«, stieß Kleinwächter hervor, der immer noch das Herannahen des Zuges beobachtete.

Nur wenige Sekunden später passierte der Bavaria-Express die Betriebszentrale Lüneburg. Er entfernte sich mit einer Geschwindigkeit von nunmehr 185 Stundenkilometern und verschwand wenige Augenblicke später in einer leichten Linkskurve aus dem Blickfeld.

»Warum reagieren die Sicherheitseinrichtungen, sprich die automatische Geschwindigkeitskontrolleinrichtung mit der darauffolgenden Zwangsbremsung eigentlich nicht?«, wollte ein Kollege wissen, der diesen Sachverhalt in seiner ganzen Tragweite offensichtlich noch gar nicht begriffen hatte.

»Na, ganz einfach«, antwortete ihm ein anderer Kollege selbstsicher, seit er eine Art technischen Fahr- und Zustandsbericht des ICE in den Händen hielt.

»Der ICE fährt bereits seit 7.50 Uhr, also unmittelbar nach Abfahrt aus dem Hauptbahnhof Hamburg ohne Automatiksteuerung. Er wird also vollständig manuell vom Kollegen Kronberger bedient. Dies erklärt auch die um 20 km/h überhöhte Sollgeschwindigkeit, die den Zug mehr als drei Minuten zu früh hier durchfahren ließ«, führte der Mitarbeiter weiter aus.

Kleinwächter wurde sichtlich blass. Ihm schossen Gedanken von Sabotage, Gewalt und Blutvergießen durch den Kopf.

»Wer kann denn ein Interesse an der Entführung eines Zuges haben?«, fragte sich Kleinwächter erneut.

Als er den technischen Bericht lass, fand er noch weitere Hinweise, die die schlimmsten Befürchtungen bestätigten.

»Der Entführer muss sich recht gut mit den technischen Einrichtungen auskennen. Sämtliche Module, die für die Übermittlung von Steuerbefehlen verantwortlich sind, um den Zug zum Stoppen zu bringen, sind ebenfalls abgeschaltet worden.«

»Kronberger hat dies sicherlich nicht eigenhändig und schon gar nicht eigenverantwortlich getan«, äußerte sich nun ein anderer Kollege.

»Er weiß genau, was es bedeutet, auf diese wichtigen Einrichtungen und Informationen verzichten zu müssen. Es fehlen ihm nun unter anderem Hinweise über die vor ihm liegenden Streckenabschnitte.«

»Er weiß jetzt noch nicht einmal, wo Baustellen eingerichtet sind oder Langsamfahrstrecken beginnen und enden. Aber noch viel gefährlicher ist, dass ihm keinerlei Informationen von vorausfahrenden Zügen zur Verfügung stehen. Im schlimmsten Falle fährt der ICE auf einen vorausfahrenden Zug auf, wenn er seine Geschwindigkeit nicht rechtzeitig drosselt.«

Kleinwächter rannte voller Panik in sein Büro. Hastig wählte er die

Nummer der Hauptzentrale in Hannover, um über die Notsituation zu berichten, in der sich der ICE Bavaria-Express befand.

Die Rechtsabteilung der Bahn-Direktion Hannover wurde an diesem Morgen vom Rechtsreferendar Neubauer geleitet. Er vertrat gelegentlich seinen Kollegen während der Urlaubszeit. Neubauer war es in den letzten Jahren jedoch nicht anders gewohnt. Durch diese ständig wechselnden Einsatzorte - es handelte sich meist um Abwesenheitsvertretungen - musste er sich in ständig andere Verfahren einarbeiten, die termingerecht zu erledigen waren. Seine Sekretärin, Frau Fink, legte ihm an jenem Morgen die aktuelle Eingangspost vor, fein sortiert nach Wichtigkeit, Dringlichkeit und einzuhaltenden Terminen. Nachdem er die ersten Schriftstücke kurz überflogen hatte, stieß er auf den Erpresserbrief mit dem bereits geöffneten Umschlag, der zuvor durch den Eilboten des Hauses gebracht worden war.

»Schon wieder so ein Idiot, der glaubt, wir hätten den ganzen lieben Tag nichts Besseres zu tun, als uns mit derartigen Schmierereien aufzuhalten«, fluchte Neubauer leise vor sich hin. Er las den gesamten Text des vermeintlichen Erpresserbriefes und merkte dabei gar nicht, wie intensiv er sich damit auseinandersetzte.

Was für ein Mensch steckt bloß hinter solch einer Tat und was will er mit derartigen Ankündigungen erreichen, fragte sich Neubauer. Er las den Text bereits zum zweiten Mal Wort für Wort und Satz für Satz noch konzentrierter als zuvor. Irgend etwas kam ihm dabei bekannt vor. Eine Kleinigkeit in den Formulierungen oder in der Aufmachung des Briefes vielleicht, überlegte er. Noch blieb das Detail beziehungsweise die Eigenart dieses Briefes verborgen. Eines wusste er jedoch genau: Das, wonach er suchte und was dieses Schriftstück so eigenartig werden ließ, war vielleicht in der Handschrift, jedenfalls in einem kleinen Detail des Schreibens versteckt. Und irgendwo hatte er es schon einmal gelesen oder gesehen.

Was aber machte diesen Brief nur so markant, was für eine Kleinigkeit übersah Neubauer, die ihm vielleicht den Schlüssel zum Absender des vermeintlichen Erpressers liefern konnte? Er rief seine Sekretärin zu sich und bat sie, das Geschriebene mit anderen ihr vielleicht bekannt vorkommenden, handschriftlich verfassten Briefen zu vergleichen und einen Bezug zu diesem Drohbrief herzustellen. Neubauer hatte eigentlich ein sehr gutes Gedächtnis, das ihn nicht so schnell im Stich ließ. Er konnte sich normalerweise auch noch nach Monaten an viele Details und Aussagen in Gerichtsverhandlungen oder Gesprächen recht gut erinnern. Warum aber nicht an den Absender dieses Briefes?

Während die Sekretärin sich durch die Ablage der letzten Wochen und Monate arbeitete, überflog Neubauer die Sendungen im Posteingang. Darunter befanden sich zahlreiche Anfragen und rechtliche Beurteilungen von Sachverhalten aus den verschiedensten Geschäftsbereichen der Deutschen Bahn AG. Hier war der Rechtsreferendar mit allen seinen Fähigkeiten auf den unterschiedlichsten Gebieten seines Fachs gefordert. Er musste einen Vorgang schnell und umfassend in seiner ganzen Tragweite und möglichen rechtlichen Konsequenzen für alle betroffenen Parteien abschätzen können. Schon im Vorfeld hatte er an die notwendigen Maßnahmen zu denken und im Sinne der Bahn AG und aller Beteiligten zu handeln. Das war in der Vergangenheit nicht immer ganz einfach gewesen.

Neubauer hatte einen Teil des Posteinganges bereits bearbeitet, als er ohne viel dabei zu denken auf das Kuvert des Erpresserbriefes schaute. Sein Blick verweilte eine Zeit lang auf dem Poststempel. Irgend etwas fesselte Neubauer an diesem Kuvert. Und dann, kurze Zeit später, wusste er, was es war, und es platzte förmlich aus ihm heraus.

»Das ist es! Der Poststempel in Verbindung mit dem gelben Briefpapier!«, rief Neubauer in den Raum, woraufhin die Sekretärin aufgeschreckt in seinem Büro erschien.

»Der Poststempel?«, fragte sie etwas irritiert und unsicher.

»Ja, der Poststempel mit der Leitzahl 22222, und sehen Sie dort, diese Punkte über dem i! Das sind signifikante Merkmale, die mir noch gut in Erinnerung sind von einem Fall, der mit einer Schadenersatzforderung zu tun hatte. Das war vor ungefähr einem Jahr. Gelegentlich«, erklärte Neubauer seiner Sekretärin, »schaffe ich mir Anhaltspunkte oder, man könnte auch sagen: Eselsbrücken, um den Bezug zu bestimmten Ereignissen schnell herstellen zu können. Der Erpresser hat sich durch diese Äußerlichkeiten verraten«.

»Der dachte wohl, er hat es hier mit irgendwelchen Hohlköpfen zu tun, die nur darauf warten, bis sie am ersten des Monats ihr Geld bekommen, um sich dann wieder auszuruhen«, fuhr Neubauer selbstsicher und mit einem gewissen Stolz gegenüber der Sekretärin fort. Sie schaute noch immer ein wenig skeptisch auf das Kuvert. Neubauer hielt es in den Händen, gerade so, als ob er in der Lage wäre, bei genauerer Betrachtung die Fingerabdrücke zu erraten. Aber so weit gingen ja seine Fähigkeiten nun doch nicht.

»Ich denke, wir können mit hoher Wahrscheinlichkeit feststellen, wer diesen Brief geschrieben hat, Frau Fink. Schauen Sie bitte gleich einmal in den Vorgängen über Regressansprüche nach, die im vergangenen Jahr abgelegt worden sind.«

Die Sekretärin verließ eilig das Büro. Sie musste nicht lang überlegen, wo sie zu suchen hatte. Sie griff in einen Aktenschrank und zog den Ordner mit der Aufschrift *Regress 1993* heraus. Schon wenig später erschien sie wieder bei Neubauer.

»Sie hatten Recht! Wir hatten hier im letzten Jahr einen Vorgang bearbeitet, dessen Anschreiben mit dem des heutigen Erpresserbriefes verblüffende Ähnlichkeiten aufweist. Schauen Sie nur.«

Die Sekretärin setzte den Ordner recht schwungvoll auf der Schreibtischunterlage direkt vor Neubauers Platz ab. Immerhin waren es einige hundert Blatt Papier, vollgeschrieben mit Rechtsgutachten, Strafanzeigen und Gerichtsurteilen. Aber darunter befanden sich auch Akten zu ungeklärten Fällen, die von der Staatsanwaltschaft zunächst vorläufig eingestellt worden waren. Und inmitten dieser Schriftstücke lag fein säuberlich abgeheftet ein Kuvert mit gelben Briefpapier. Neubauer hielt nun beide Schriftstücke nebeneinander. Die Postleitzahlen, das Briefpapier, die Handschrift...

Alles stimmte überein. Ein klarer Fall für Neubauer: Das konnte nur von ein und dem selben Verfasser stammen.

»Wir haben ihn!«, triumphierte Neubauer.

»Bitte veranlassen Sie, dass ein Strafverfahren wegen versuchter Erpressung, Nötigung, Geiselnahme sowie Gefährdung von öffentlichen Verkehrseinrichtungen gegen den Verfasser dieses Schreibens eingeleitet wird. Und übermitteln Sie diesen Antrag der örtlichen Staatsanwaltschaft zur weiteren Bearbeitung«, gab Neubauer seiner Sekretärin auf, die sich Notizen über das weitere Vorgehen anfertigte. Neubauer wollte noch schnell eine Ergänzung zu dieser Angelegenheit loswerden, als das Telefon klingelte. Es stand griffbereit am Ende seines Schreibtisches und war mit einem Anrufbeantworter gekoppelt. Der Anruf klang wie ein Hilfeschrei. In die Stimme des Anrufers mischten sich Entsetzen, Angst und Hilflosigkeit. Am Apparat war der Abteilungsleiter des bahntechnischen Dienstes der Bahndirektion.

»Wir haben da vor einigen Minuten von der Betriebszentrale Lüneburg erfahren, dass eine männliche Person den ICE 4100 Bavaria-Express von Hamburg nach München in ihre Gewalt gebracht haben soll.

Der Zugführer wird dabei nach noch unbestätigten Aussagen mit einer Schusswaffe bedroht. Näheres ist uns zur Zeit nicht bekannt.«

Neubauer glaubte, seinen Ohren nicht zu trauen.

Der Erpresserbrief war tatsächlich von dem Entführer des ICE geschrieben worden! Der Verfasser hatte seine Androhungen also wahr gemacht. Neubauer ließ sofort den gesamten Vorgang heraussuchen und konnte fast nicht glauben, was er da zu lesen bekam.

In der Leitzentrale Hannover schlug die Nachricht von der Entführung des Zuges wie eine Bombe ein. Die Mitarbeiter waren aufs Höchste alarmiert und Schlimmste vorbereitet. Aber was konnte man bei solch einer Entführung als »das Schlimmste« annehmen? Etwa das Entgleisen des Zuges bei einer Geschwindigkeit von annähernd 200 Stundenkilometern im Bahnhofsbereich, wo sich möglicherweise Hunderte von Reisenden aufhielten? Oder war das Schlimmste, wenn der Entführer plötzlich durchdrehte und den Zugführer erschoss? Im Grunde genommen konnte das niemand genau abschätzen. Die Bediensteten der Leitzentrale erledigten ihre Arbeit so gut sie konnten und hatten alles zu unternehmen, um jede zusätzliche Gefährdung von Menschen zu verhindern.

Bei dieser Arbeit wurden sie von keinem Geringerem unterstützt als dem erfahrensten Leitstellenexperten im Großraum Hannover. Edward Baumann kannte als einziger den Bereich von Lüneburg über Hannover bis nach Göttingen praktisch bis ins Detail. Egal, ob es hierbei um Geschwindigkeitsprofile, Tunneldurchfahrten, Steigungen oder extreme Gefälle ging. Man wusste, an wen man sich wenden konnte und dass man stets eine kompetente und zugleich objektive Auskunft erhalten würde. Natürlich von Eddi, wie ihn seine Kollegen nannten. Eddi war mit seinen 58 Jahren nicht gerade der jüngste unter den knapp dreißig Bediensteten des Stammpersonals der Leitzentrale Hannover. Und die sagten ihm zurecht nach, er hätte ein Gedächtnis wie ein Elefant.

»Den kannst Du fragen, was Du willst, auch wenn es schon längere Zeit zurückliegt. Der erinnert sich mit Sicherheit an Dinge, die Kollegen nach ein paar Tagen schon längst wieder vergessen haben«, betonten die Kollegen des Betriebspersonals gern und oft. Eddi war halt eine wandelnde Datenbank und zugleich eine Kapazität auf dem Gebiet der neuen wie auch der vergangenen Bahnbetriebstechnik.

Eddi Baumann stand in der Leitzentrale vor zahlreichen Monitoren, Dokumentations- und Anzeigeeinrichtungen, die für die über 500 Kilometer Schienenstrecke im Bereich der Leit zentrale Hannover zugtechnische Daten sammelten.

Die technischen Daten, die die Leitzentrale Hannover erreichen, werden in einen Großrechner geleitet und in einen sinnvollen Algorithmus, also einen logischen Zusammenhang, gebracht. Diese präzise Datenauswertung macht es möglich, dass zum Beispiel gleichzeitig mehr als hundert Zugbewegungen im Großraum Hannover stattfinden können, ohne dass es zu einer Kollision kommt. Die Mitarbeiter der Leitzentrale wissen es daher rechtzeitig, wenn ein Zug Kurs auf die Leine-Metropole nimmt. So kann den Bediensteten die aktuelle Geschwindigkeit des Zuges, seine voraussichtliche Ankunftszeit, die freigeschalteten Fahrwege und weitere Parameter bekannt gegeben werden.

Vor diesem Wunderwerk der Technik hatte auch Baumann eine gewisse Hochachtung. Er konnte seinen Respekt vor der ausgefeilten Technik nicht verbergen.

Baumann starrte wie gebannt auf die Anzeigeeinrichtungen. Der Großrechner hatte ermittelt, dass der ICE 4100 exakt acht Minuten und 45 Sekunden zu früh am Hauptbahnhof Hannover eintreffen würde und zeigte es auf der Digitalanzeige mit großen roten Ziffern an. Baumann registrierte dies mit höchster Konzentration. Ein Mitarbeiter gab den aktuellen Aufenthaltsort des ICE im Telegrammstil bekannt:

»4100, Haltepunkt Bienenbüttel, 185 km/h konstant, 25 km/h über Sollgeschwindigkeit. Voraussichtliche Ankunftszeit circa 8.55 Uhr. Ausfahrt bis Bahnhof Uelzen genehmigt.«

Baumann richtete seinen Blick auf den Ausgang der Leitzentrale. Eine sekundengenaue Uhr zeigte 8.12 Uhr an. Er hatte also noch etwas mehr als vierzig Minuten Zeit, um Vorbereitungen bis zum Eintreffen des ICE zu treffen. Verdammt wenig Zeit, stellte er besorgt fest.

»Veranlassen Sie, dass der Bavaria-Express in unserem Bereich ohne Halt eine freie Strecke zur Verfügung hat«, gab Baumann eine Anweisung direkt an einen Bediensteten.

»Außerdem stellen Sie bitte Funkkontakt mit dem ICE her, wenn er den Bahnhof Unterlüß erreicht hat.« Dies war ein wichtiger Haltepunkt bei Streckenkilometer 112.500, etwa zwanzig Kilometer südlich von Uelzen. Von da ab hatte die Leitzentrale Hannover alle aus Norden kommenden Züge unter Kontrolle und alleinige Verantwortung. Frühestens wenn der entführte ICE diesen Ort erreichte, würde Baumann mit dem Entführer erstmals in Kontakt treten können.

»Er ist zu schnell, viel zu schnell«, kommentierte einer der Mitarbeiter die letzte Geschwindigkeitsmessung des ICE.

»Wenn der so weiterfährt, wird er fast zehn Minuten zu früh hier eintreffen«, fügte ein anderer Mitarbeiter hinzu, der für die Überwachung und Einhaltung der Fahrzeiten zuständig war.

»...wenn er überhaupt soweit kommt...«, dachte Baumann laut vor sich hin. Sollte der Bavaria-Express in den nächsten Minuten seine gegenwärtige Geschwindigkeit von 185 Stundenkilometer nicht mindestens auf 150 Stundenkilometer verringern, würde es die ersten Probleme im Bahnhofsbereich Eschede geben. Dort waren nämlich die Ausbauarbeiten an den Gleisanlagen noch nicht beendet. Zur Zeit befand sich in diesem Abschnitt ein Baustellenbereich, in den mit höchstens 140 Stundenkilometern eingefahren werden durfte. Und das auch nur unter idealen Bedingungen. Baumann wurde es ganz mulmig, als er daran dachte, den ICE ohne Vorwarnung über diesen Umstand in solch einen kritischen Bereich einfahren zu lassen.

Er orientierte sich mittlerweile an mehr als einem halben Dutzend Lageplänen, Streckenkarten und Bauplänen, die er vor sich ausgebreitet hatte und suchte die Strecke fieberhaft nach Gefahrenpunkten ab. Er glaubte eine Art Sollbruchstelle zu finden, auf die der entführte ICE unweigerlich zufahren würde. Baumann verglich dabei Kurvenradien und Belastungsgrenzen von Brücken und Weichen. Auch eine derartige Menge von technischen Informationen konnte ihn nicht so schnell aus der Ruhe bringen. Schließlich hatten ihm mehr als dreißig Berufsjahre in diesem Metier einiges an Erfahrung und Routine eingebracht. Baumann sichtete die Unterlagen und stellte nicht ohne Sorge fest, dass größtenteils Eintragungen in den Streckenabschnitten zwischen 120 und 165 Stundenkilometern vorhanden waren. Das waren die höchstzulässigen Reisegeschwindigkeiten für den Personenzugverkehr.

Mit der momentanen Geschwindigkeit von 185 Stundenkilometern war die Sollgeschwindigkeit um bis zu 65 Stundenkilometer überschritten. Damit erhöhte sich das Risiko, das Material am Zug und den Gleiskörper zu stark zu beanspruchen. Erhebliche Sorgen bereitete Baumann besonders eine Eintragung in einer Streckenkarte. Nur durch einen Zufall hatte er in einem Anhang, einer Art Fußnotentext, am unteren Ende der Karte einen Vermerk entdeckt, bei dem ihm ein kalter Schauer den Rücken herunterlief.

Hier wurde ein Streckenteil dokumentiert, der sich zu dieser Zeit noch in Bau befand. Betroffen war ein Abschnitt im Bahnhofsbereich Eschede, von Kilometer 126.5 bis Kilometer 134.0. Direkt hinter der Ortsgrenze begann dort eine Großbaustelle mit immerhin knapp acht Kilometern Länge. Auf den ersten Blick waren die Bauarbeiten dort zumindest scheinbar beendet. Nur ein Fachmann auf dem Gebiet der modernen Gleisbautechnik konnte die weitreichenden Folgen eines nahezu unbedeutenden Eintrages erkennen, der da lautete:

»....jedoch ohne Delta h mit 0,90 vmax bis Ende 1994 befahrbar«.

Diese Ergänzung sagte nichts anderes aus, als dass die höchstzulässige Geschwindigkeit in diesem beschriebenen Kurvenbereich nur siebzig Prozent des Eintrages von gegenwärtig 140 Stundenkilometern betrug. In einer zweiten Bausphase sollte eine notwendige Kurvenüberhöhung realisiert werden – eine durchaus gängige Praxis in der modernen Gleisbautechnik.

Baumann stand solchen theoretischen Werten stets skeptisch gegenüber. Sie hatten eigentlich nur Empfehlungscharakter; man musste sie als grobe Schätzungen betrachten. Nach seinen Erfahrungen waren sie zudem mit einer unzulässig hohen Toleranz behaftet.

Baumann entschloss sich daher sofort, mit dem entführten ICE in Funkkontakt zu treten, um den Zugführer vor der drohenden Gefahr eindringlich zu warnen. Er beabsichtigte, ihn davon zu überzeugen, dass er unverzüglich die Reisegeschwindigkeit drosseln sollte.

»Hoffentlich ist es noch rechtzeitig. Und hoffentlich wird man meine Anweisungen beachten«, dachte Baumann.

Erneut beauftragte er einen Bediensteten, den ersten Funkkontakt zwischen der Leitzentrale Hannover und dem entführten ICE 4100 herzustellen.

Stefan Schuhmacher saß im Serviceabteil und wechselte wie gewöhnlich um diese Zeit Video-Kassetten für die Bordmonitore an den Sitzplätzen. Bis zum Ende dieser Kassette würden weitere zwei Stunden vergangen sein. Dann hätten sie bereits Fulda erreicht, dachte Schuhmacher. Er überprüfte anschließend noch, ob die Rundfunkübertragung zu den Fahrgästen einwandfrei funktionierte. Er staunte immer wieder darüber, wie viele Reisende während der Fahrt fernsahen oder Radio hörten. Seiner Ansicht nach kam dadurch die Kommunikation zwischen den Reisenden viel zu kurz. Ein Beweis dafür, dass sich die Menschen einfach zu wenig zu erzählen haben, stellte Schuhmacher fest. Ihm schien dies auch ein Indiz für eine schnelllebige Zeit zu sein.

Es war gegen 8.20 Uhr, als die Zugbegleiterin Sonnemann bei Schuhmacher erschien. Sie sah etwas beunruhigt aus. Ein Fahrgast hatte sie gefragt, warum der Zug mehr als fünf Minuten früher, als es im Reisebegleitjournal vermerkt war, den Bahnhof Lüneburg durchfahren hätte. Sie hatte darauf keine Antwort geben können und konnte es sich einfach nicht vorstellen, dass so etwas möglich war. Dies bedeutete nämlich im Umkehrschluss, dass der ICE wesentlich schneller als üblich fuhr. Schließlich hatte sie es aufgegeben, sich darüber weiter Gedanken zu machen. Wozu haben wir einen Zugführer, fragte sie sich. Der wird ja schon wissen, wo er zu einer bestimmten Zeit eintreffen muss. Er ist schließlich verantwortlich für die Pünktlichkeit und somit die Einhaltung von Fahrzeiten, beendete die Zugbegleiterin ihren inneren Monolog. Sie setzte sich einen Augenblick zu Schuhmacher.

»Womit sich die Fahrgäste nicht alles beschäftigen, statt die Reise so richtig zu genießen. Ich hatte doch eben im letzten Abteil einen Fahrgast, der behauptete glatt, wir hätten den Bahnhof Lüneburg mehr als fünf Minuten zu früh erreicht. Können Sie sich das vorstellen?«, wollte Frau Sonnemann von Schuhmacher wissen.

»Ich werde gleich einmal mit dem Zugführer sprechen«, gab Schumacher zurück, der gerade über den Kopfhörer überprüfen wollte, ob die Empfangsqualität der einzelnen Radiosender in Ordnung war. Doch bevor er dazu kam, meldete sich die Leitzentrale Hannover.

»Hier ist die Leitzentrale Hannover. Es folgt eine wichtige Mitteilung an das Zugbegleitpersonal des ICE 4100.« Schuhmacher nahm den Kopfhörer ab.

Er blickte dabei seine Kollegin etwas irritiert, aber auch neugierig und fragend an.

Es kam recht selten vor, dass sich die Leitzentrale direkt an das Zugbegleitpersonal über den Bahnfunk meldete. Eigentlich war dies nur der Fall, wenn größere Betriebsstörungen auftraten.

»Ich glaube, da stimmt etwas mit unserem Zug nicht«, mutmaßte Schuhmacher und hatte plötzlich ein ungutes Gefühl. Er dachte in diesem Augenblick nicht daran, dass es eventuell auch ein Problem außerhalb des Zuges sein könnte, über das er informiert werden sollte.

»Hier ist der ICE 4100, Bavaria- Express von Hamburg nach München, Zugbegleitservice«, meldete sich Schuhmacher.

»4100, wir haben da ein ernsthaftes Problem, über das wir sie unterrichten müssen. Ihr Zugführer Kronberger wird seit circa einer halben Stunde im Führerstand von einer noch nicht näher bekannten Person mit einer Schusswaffe bedroht. Er wird gezwungen, nach deren Anweisungen zu handeln. Konkretere Absichten des Entführers sind uns derzeit noch nicht bekannt. Bitte bewahren Sie Ruhe und verständigen Sie uns, wenn es zu weiteren Problemen kommen sollte. Wir werden Sie ständig auf dem Laufenden halten. Vermeiden Sie es unter allen Umständen, mit Kronberger in Verbindung zu treten«, warnte ihn der Sprecher der Leitzentrale Hannover, »dadurch könnte der Täter zu unüberlegten Handlungen veranlasst werden, die Sie und die Fahrgäste in noch größere Gefahr bringen. Wir werden die Fahrgäste über diesen Vorfall in einigen Minuten informieren«.

Schuhmacher fehlten einfach die Worte. An eine Entführung des ICE konnte er in diesem Augenblick absolut nicht glauben.

»Das ist doch unmöglich«, meinte er. »Das ist ein übler Scherz, eine Übung oder sonst was.«

Er starrte seine Kollegin an, die ebenfalls kein Wort herausbrachte und zunehmend unruhiger wurde. Mit ratsuchendem Blick wartete sie auf eine Antwort ihres Gegenübers.

»Unser ICE befindet sich in der Gewalt eines Entführers, der womöglich zu allem entschlossen ist«, sagte Schuhmacher. Ihm hatte die Erregung kleine Schweißperlen auf die Stirn getrieben.

»Was um Himmelswillen können wir denn nun tun?«, wollte Frau

Sonnemann von ihm wissen.

»Ich fürchte, im Augenblick gar nichts, nicht das Geringste«, bekräftigte Schuhmacher. Er schien hilflos zu sein. So hilflos hatte er sich das letzte Mal beim viel zu frühen Tode seiner Mutter gefühlt. Seine Mutter war nach einer Routineoperation nicht mehr aus der Narkose aufgewacht. Schuhmacher hatte sich damals nur schwer damit abfinden können, nichts mehr für sie tun zu können.

Dieses tiefe Gefühl der Ohnmacht hatte ihn blitzartig wieder eingeholt. Er fühlte sich wie in einen Schraubstock gespannt. Er war auch dieser Situation scheinbar ausgeliefert. Nur mit Mühe konnte er einen klaren Gedanken fassen und sich auf seine Position zurückbesinnen, die von ihm Verantwortung und Fürsorgepflicht gegenüber seinen Kolleginnen und natürlich den Fahrgästen verlangte.

»Wir müssen zunächst einmal die Ruhe bewahren und abwarten, was der Entführer an Forderungen stellt. Und dann hoffen wir, dass das alles hier so schnell wie möglich für alle Beteiligten ein gutes Ende nimmt«, versuchte Schuhmacher seine Kollegin zu beruhigen. Sie konnte ihre Tränen kaum zurückhalten.

»Wenn der Verrückte da vorne durchdreht, werden wir alle hier nicht mehr lebend herauskommen«, wandte sich Frau Sonnemann voller Panik an Schuhmacher. Es war wie ein Flehen um Rettung, gerade so, als ob von nun an alles von ihm allein abhinge. Sie schien augenblicklich jegliche Fassung zu verlieren. Ihr Make-up hatte sich teilweise durch die Tränen aufgelöst. Schuhmacher wollte sie gerade etwas beruhigen, als die Praktikantin das Serviceabteil betrat. Sie sah Frau Sonnemann tränenaufgelöst, wie ein Häuflein Unglück dasitzend.

»Was ist denn mit Ihnen los?«, wollte die Praktikantin Jessika Buchbinder von ihr wissen, ohne die Anwesenheit Schuhmachers überhaupt zur Kenntnis zu nehmen.

Eddi Baumann bekam von seinem Kollegen ein Zeichen, dass die Funkverbindung zum Führerstand des ICE 4100 hergestellt war. Er hielt das Mikrofon jetzt etwas fester in seiner Hand, ganz so, als wolle er sich daran festklammern. Er bemerkte nicht, dass er dabei langsam die Sprechtaste niederdrückte. Ein kleines Lämpchen wechselte blitzartig von grün auf rot. Baumann war auf Sendung.

»Hier ist die Leitzentrale Hannover. Es folgt eine dringende Mitteilung an den Zugführer des ICE 4100.«

Baumann unterbrach für einen kurzen Augenblick seine Durchsage und fügte gleich hinzu:

»Bitte reduzieren Sie Ihre Geschwindigkeit unverzüglich auf 140 km/h! Ich wiederhole: Geschwindigkeit auf 140 km/h reduzieren! Bei Nichtbeachtung dieser Anweisung besteht die Gefahr, dass Sie im Streckenabschnitt Eschede wegen fehlender Kurvenüberhöhung entgleisen. Ende der Durchsage an den ICE 4100 Bavaria-Express.«

Baumann spürte, wie sein Puls raste. Er schlug wesentlich schneller als der Sekundenzeiger, den er wie hypnotisiert an der Betriebsuhr verfolgte. In weniger als drei Minuten würde der ICE in diesen Bereich einfahren und den Gleiskörper innerhalb kürzester Zeit um mindestens das Hundertfache mechanisch überbeanspruchen. Die Verschraubungen würden dann aus ihren Verankerungen regelrecht weggesprengt werden. Die Außenschienen könnten den extremen Seitenkräften nicht mehr standhalten. Der Zug würde dabei aus der Kurve getragen werden, wie ein Personenkraftwagen, der mit zu hoher Geschwindigkeit in eine Kurve hineinfährt. Alles liefe dann nach den gleichen physikalischen Gesetzmäßigkeiten ab: Die unvorstellbaren Kräfte der Dynamik und Kinetik kämen in Bruchteilen einer Sekunde zu ihrer vollen Entfaltung. Eine Zugkatastrophe würde die Folge sein, und es würde kaum Überlebende dabei geben...

Baumann hörte auf, über dieses Szenario weiter nachzudenken. In seiner langen Berufszeit hatte er schon etliche Zugunglücksorte besichtigen und anschließend begutachten müssen. Schließlich wusste er, worüber er nachdachte.

»Er wird langsamer! Er wird tatsächlich langsamer!«, dröhnte es von einem Mitarbeiter herüber, der nur wenige Meter von Baumann entfernt die Geschwindigkeitsanzeige verfolgte.

«...170, 165, 155...» setzte der Beamte mit unverminderter Lautstärke fort. Baumann spürte eine enorme innere Anspannung. Zum letzten Mal hatte er sich einer derartigen nervlichen Belastung während des Endspiels der Fußballweltmeisterschaft ausgesetzt. Damals spielte die deutsche Nationalmannschaft gegen Italien. In einem unerbittlichen Kampf auf dem Rasen wurden den Zuschauern besonders starke Nerven abverlangt.

Aber hier in der Leitzentrale ging es nicht um Tore und Titel. Hier ging es um Menschenleben. Viele Menschenleben, die durch irgendeinen Wahnsinnigen in akute Gefahr gebracht worden waren.

»Bis zum Baustellenbereich noch 1500 Meter«, tönte es von einem weiteren Bediensteten. Ein kompliziertes Mess- und Überwachungsnetz versorgte ihn kontinuierlich mit Daten über den aktuellen Aufenthaltsort des Zuges. Diese Daten wurden alle zwei Sekunden aktualisiert und auf einem Monitor angezeigt. In Baumanns Kopf wirbelten Zahlen, Abschätzungen, Hochrechnungen und Prognosen wild durcheinander. Wird der ICE langsam genug sein, wenn er die Ausfahrt von Eschede erreicht? Und sind überhaupt ausreichende Sicherheitsreserven vorhanden, die eventuell höhere Geschwindigkeiten und damit stärkere Belastungen zulassen? Diese und weitere Fragen stellte sich Baumann. Antworten darauf sollte er in weniger als dreißig Sekunden bekommen.

»146 km/h im Baustellenbereich Eschede«. Diese letzte Meldung schien geradezu den Raum der Leitzentrale zu erschüttern. Baumann spürte förmlich den enormen Druck, den die Zentrifugalkraft auf die Außenschienen des befahrenen Gleisabschnittes übertrug. Ganze zehn Stundenkilometer über der maximal zulässigen Höchstgeschwindigkeit! Das müsste noch gutgegangen sein, wagte Baumann vorsichtig zu hoffen.

In der Leitzentrale Hannover herrschte eine Spannung, die die Atmosphäre zu einem höchst explosiven Gemisch aus Angst, Hoffnung und Ungewissheit werden ließ.

Die Praktikantin spürte ihren Herzschlag sehr deutlich. Die normalerweise ruhig und ausgeglichen wirkende sechzehn Jahre alte Realschülerin hatte neben Frau Sonnemann Platz genommen und versuchte behutsam, sie zu trösten. Dabei fühlte sie sich aus irgendeinem Grunde in der eigenen Haut nicht sehr wohl. Es war diese Vorahnung, die die Praktikantin erneut heimsuchte. Aber noch immer wusste sie nicht, was sie eigentlich zu bedeuten hatte.

Schuhmacher wischte sich den Schweiß von der Stirn. Er suchte nun unkonzentriert nach irgendwelchen Unterlagen, die ihm genaue Auskunft über Fahrzeiten und Streckenverlauf geben sollten. Wie mit einer derartigen Situation umzugehen war, hatte er weder im Notfalltraining gelernt, noch irgendwann in der doch sehr gründlichen Ausbildung fiktiv trainiert. Eine Zugentführung war für ihn etwas, woran er einfach nicht glauben konnte und auch nicht wollte.

Er wandte sich der Praktikantin zu, die noch immer auf eine Antwort des Chefzugbegleiters wartete.

»Frau Buchbinder, vor einigen Minuten haben wir erfahren, dass im Führerstand unseres Zuges ein bewaffneter Mann den Zugführer bedroht und ihn zwingt, seinen Anweisungen zu folgen«, erklärte Schuhmacher mit spürbarer Unsicherheit in seiner Stimme.

Der Praktikantin blieb förmlich der Atem stehen. Sie drückte sich unbewusst fester an die Seite ihrer Kollegin Sonnemann, die in diesem Moment gerade die Fassung wiedergefunden zu haben schien. Sie schaute die Praktikantin mit verheulten Augen an.

»Ich habe es gewusst, von Anfang an habe ich gewusst, dass da etwas nicht stimmt«, gab die Praktikantin zunehmend verstört von sich.

»Was ist los?«, fasste Schuhmacher nach.

»Was haben Sie gewusst, und was soll da nicht stimmen?«, wiederholte Schumacher mit einer leichten Aggressivität gegenüber der Praktikantin.

»Heraus mit der Sprache!«, forderte er Jessika Buchbinder zu einer Erklärung auf.

»Na ja, als ich kurz vor der Abfahrt wenige Minuten hier allein im Serviceabteil war, kam ein Wartungstechniker durch diese Tür herein. Er erklärte mir, dass er noch einige Dinge überprüfen müsse, bevor wir den Hauptbahnhof verlassen. Mir fiel auf, dass irgendetwas an diesem Mann merkwürdig war. Aber da er nun wirklich wie ein Servicetechniker aussah, habe ich mich nicht weiter um ihn gekümmert. Er ging dann durch diese Tür, und seither habe ich ihn nicht mehr gesehen.«

»Aber Frau Buchbinder. Wenn der Zug im Hauptbahnhof Hamburg zur Abfahrt bereitsteht, dann sind vorher schon alle Wartungs- und Reparaturarbeiten im Bahnbetriebswerk Eidelstedt erledigt worden«, klärte er die Praktikantin auf.

»Sämtliche Unregelmäßigkeiten, die kleinsten Störungen, die man sich als Laie nur vorstellen kann, sind dort von Spezialisten längst beseitigt worden«, und er fuhr etwas verärgert fort:

»Sie werden daher im Bahnhofsbereich keinen Wartungstechniker sehen, der mal eben schnell etwas an einer solch hochkomplizierten technischen Maschinerie wie diesem ICE reparieren oder überprüfen will. Auf der Standspur einer Autobahn haben Sie doch auch noch nie eine mobile

Werkstatt gesehen, die dazu eingerichtet ist, eine defekte Autoantenne zu reparieren, oder?«. Schuhmacher stellte einen etwas weit hergeholten Vergleich an. Nun mischte sich die Zugbegleiterin Sonnemann in das Gespräch ein.

»Jetzt reicht es aber! Woher soll denn Fräulein Buchbinder als Praktikantin wissen, ob sie einen Wartungstechniker oder einen vermeintlichen Entführer vor sich hat? Geschweige denn, wie der interne Ablauf von Wartungsarbeiten hier im einzelnen geregelt ist? Und außerdem kann man es ihr weiß Gott nicht zum Vorwurf machen, sich in dieser Situation falsch verhalten zu haben. Schließlich war sie ja ganz offensichtlich in diesem Augenblick völlig überfordert. Wir hätten sie einfach nicht allein lassen dürfen«, fuhr sie Schuhmacher vorwurfsvoll an.

»Aber Sie hätten uns doch zumindest einen Ton sagen können«. Schuhmacher versuchte an das Gewissen der Praktikantin zu appellieren und betrachtete offenkundig ihr Verhalten als Fehlverhalten in dieser Situation.

»Ich konnte doch nicht ahnen, dass es sich hierbei um einen Entführer handeln würde«, konterte die Praktikantin. Sie wirkte wieder relativ selbstbewusst, seit sie ihre Kollegin auf ihrer Seite wusste.

»Können Sie uns denn diesen Mann wenigstens ungefähr beschreiben?«, wollte Schuhmacher entnervt wissen.

Die Praktikantin überlegte nur einen kurzen Moment und konnte sich noch sehr genau an diesen roten Overall mit der Aufschrift SERVICE TECHNIK erinnern. Sie hatte ihn so deutlich vor Augen, als ob die Szene sich erst vor kurzem abgespielt hätte.

»...ja, und es fielen mir sofort seine Turnschuhe auf, die er zu diesem roten Anzug trug. Sie waren ganz neu und passten irgendwie überhaupt nicht zu seiner Kleidung.«

»Und diesen Typen haben Sie hier einfach so hereinspazieren lassen, ohne sich auch nur einen Ausweis zeigen zu lassen«, kam es von Schuhmacher wieder vorwurfsvoll zurück.

»Wissen Sie eigentlich, in welche Situation Sie mich da gebracht haben? Das kann mich meinen Job kosten, wenn die Bahndirektion davon erfährt, dass Sie allein und völlig unbeaufsichtigt wildfremde Leute in diesen Betriebsbereich ein- und ausgehen lassen.«

Schuhmacher hatte große Mühe, seine Unsicherheit und Angst zu verbergen.

»Was hätte ich denn Ihrer Meinung nach tun sollen?«, schrie die

Praktikantin Schuhmacher an. »Da kommt ein Wartungstechniker der Bahn-AG, um seine Arbeit zu erledigen, und da werde ich ihn doch nicht nach einem Ausweis oder seinen Absichten fragen. Ich mache mich doch nicht lächerlich. Und übrigens ist es doch nicht abwegig, wenn ein Wartungstechniker bei einem hochtechnisierten Zug einmal nach dem Rechten schauen will. Oder irre ich mich?«. Die Praktikantin blickte dabei auch fragend zu ihrer Kollegin herüber.

»Aber nun beruhigen Sie sich doch wieder«, versuchte Schuhmacher die mittlerweile lautstarke Unterhaltung zu entschärfen.

»Wir sind im Augenblick alle nervlich sehr angespannt. Natürlich kann man Ihnen am wenigsten einen Vorwurf machen. Sie haben einfach nicht wissen können, dass Wartungstechniker kurz vor Abfahrt des Zuges keine Überprüfungen in der Lok vornehmen«, versuchte Schuhmacher zu erklären.

»Und wenn sie es einmal tun müssen, dann nur, indem sie sich beim Zugbegleitpersonal und insbesondere dem Zugführer vorher ankündigen und den Grund der Arbeiten mitteilen. Dies kommt eigentlich so gut wie nie vor«, sagte Schuhmacher in einem mittlerweile freundlicheren Ton.

»Aber was sollen wir denn nun tun«?, wollte Jessika Buchbinder wissen.

»Als erstes werde ich sicherstellen, dass der Entführer nicht in unser Abteil gelangen kann. Das heißt, ich werde diese Tür mechanisch verriegeln. Als nächstes unterrichte ich dann die Leitzentrale von Ihrer Begegnung mit dem Entführer und werde weitere Anweisungen abwarten. Ich glaube, mehr können wir im Augenblick wohl nicht tun«, stellte Schuhmacher abschließend fest. Seine Angst vor beruflichen Nachteilen überwog nun eindeutig die Angst, nicht mehr heil aus diesem Zug herauszukommen, der noch immer mit überhöhter Geschwindigkeit fuhr.

Als Schuhmacher auf die Uhr sah, stellte er entsetzt fest, dass sie tatsächlich den Haltepunkt Bienenbüttel zu früh erreicht hatten.

»Was will dieser Wahnsinnige mit einer Entführung nur bezwecken?«, fragte er sich. Deutlich konnte er nun wahrnehmen, wie sich die Umgebung an der Bahnlinie viel zu rasch vorbeibewegte. Sie fuhren eindeutig zu schnell.

Fast automatisch griff Schuhmacher zum Hörer des Bahnfunkgerätes und verständigte die Leitzentrale Hannover, um von der Begegnung der Praktikantin mit dem vermeintlichen Entführer zu berichten.

Der Windsack am Gebäude des Helikopterstützpunktes Hannover-Wunstdorf hing schlaff wie ein nasser Sack herunter. Es herrschte Windstille, zumindest an diesem Ort. Nur einige Meter weiter stand, in ständiger Bereitschaft, ein halbes Dutzend Helikopter und wartete auf einen Einsatz. Das Einsatzgebiet der Helikopter umfasste nahezu den gesamten norddeutschen Raum.

An diesem recht heißen Frühsommervormittag spendeten die Rotorblätter den Maschinen nur wenig Schatten. Bereits gegen acht Uhr hatte die elektronische Wetterstation eine Lufttemperatur von 26 Grad Celsius angezeigt, und dies bei einer relativen Luftfeuchtigkeit von mehr als 80 Prozent. Je heißer es wurde, desto verrückter wurden auch die Menschen. Sie litten unter dieser Hitze. Und das wiederum führte immer wieder zu Unfällen - typische Fälle von »menschlichem Versagen«. Eine Expertenkommission des Bundesgesundheitsministeriums hatte irgendwann einmal Daten ausgewertet und festgestellt, dass sich die schweren Unfälle mit dem Ansteigen der Temperatur häuften.

Nicht selten musste dann unverzüglich mit Helikoptern Hilfe aus der Luft geleistet werden. In höchstens acht Minuten konnten die Rettungsteams am Unfallort eintreffen und helfen - egal ob bei Badeunfällen, Herzinfarkten, Kreislaufschwächen oder Motorradunfällen. Auch an diesem Morgen war man auf fast alle Eventualitäten vorbereitet, die einen Einsatz der Rettungs- und Beobachtungsstaffel Hannover-Wunstorf erforderlich machen konnten.

Rudi Hartmann war einer von drei Helikopterpiloten, die an diesem Vormittag ihren Dienst versahen. Er inspizierte gerade die Mechanik des Rotors seiner Bell 110. Hartmann stand auf einer Leiter. Er hielt etwa in Augenhöhe ein Rotorblatt mit beiden Händen fest, um die Oberflächen auf Beschädigungen hin zu untersuchen. Mechanische Veränderungen am Rotorsystem mussten frühzeitig erkannt werden, denn sie konnten gefährliche Folgen für den Betrieb der Maschine, und damit auch für die Besatzung haben. Anscheinend war alles in Ordnung, und die Bell 110 hatte den letzten Einsatz vor gut einer Stunde schadlos überstanden.

Hartmann war mit einem Notarzt und Sanitäter an Bord zu einem Unfallort im Stahlwerk Peine-Salzgitter geflogen. Dort war ein Stahlarbeiter mit akutem Herzkreislaufversagen zusammengebrochen; er war offenkundig während eines Hochofenabstiches zu dicht an den flüssigen Stahl getreten und in seinem Schutzanzug einer enormen Hitze ausgesetzt gewesen. Dank der raschen Hilfe konnte sein Gesundheitszustand schon während des Fluges ins Krankenhaus stabilisiert werden. Für Hartmann und seine Crew war es ein typischer von zahllosen dramatischen Einsätzen gewesen.

Während Hartmann seine Bell 110 weiter inspizierte, sah er den Einsatzleiter des Helikopter-Stützpunktes mit zwei weiteren Personen auf sich zueilen. Sie trugen einige Gerätschaften bei sich, deren Zweck ihm auf den ersten Blick nicht klar war. Erst als sie näher kamen, erkannte Hartmann, um was es sich handelte: Es waren umfangreiche technische Ausrüstungsgegenstände, darunter auch Spezialkameras, wie sie bei Beobachtungs- und Erkundungsflügen eingesetzt wurden. Und nicht nur das. Sie schleppten auch eine komplette Sendeeinrichtung mit, die geeignet war, den Verlauf eines Beobachtungsfluges direkt in ein Fernsehstudio zu übertragen. Spätestens als sich die Herren als Mitarbeiter des Landeskriminalamtes Hannover zu erkennen gaben, wurde Hartmann klar: Der wohl unmittelbar bevorstehende Einsatz würde kein gewöhnlicher Einsatz sein.

Der Leiter des Helikopterstützpunktes begann kurz den offiziellen Grund des Einsatzes zu erklären. Hartmann hatte sofort den Eindruck, dass die Zeit enorm knapp war.

»Die Kriminalbeamten haben den Auftrag, einen entführten ICE aus Hamburg kommend mit einem Helikopter zu verfolgen und zu beobachten. Der Verlauf des Beobachtungsfluges soll direkt in das Medien- und Informationszentrum des Landeskriminalamtes Hannover gesendet werden«, erörterte der Einsatzleiter sehr detailliert den Grund des vorstehenden Auftrages.

Also diesmal kein Unglücksfall. Und damit auch kein Wettlauf mit der Zeit, um ein Menschenleben zu retten. Kein übervorsichtiges Fliegen von Kurven oder sanftes Aufsetzen am Landeplatz, um einen Verletzten nicht noch mehr zu belasten. Hartmann ahnte schon, dass der Einsatz trotzdem unter Umständen an die Leistungsgrenzen seines Helikopters gehen würde.

Unterdessen wurden weitere Gerätschaften für den Sonderauftrag herangeschafft.

Der Einsatzleiter präzisierte den Auftrag, teilte Hartmann die Flugroute und weitere Informationen zum Verlauf des Fluges mit. Sie hatten wirklich ausgesprochen wenig Zeit. Bereits in weniger als zehn Minuten sollte das Rendezvous mit dem entführten ICE 4100 circa fünfzehn Kilometer nordöstlich von Hannover sein. Hartmann sollte dann mit seiner Besatzung in einer Höhe von maximal hundert Metern direkt hinter dem Bavaria-Express herfliegen. Über Funk hatten die Beamten des LKA kontinuierlich ihrer Dienststelle zu übermitteln, wo sich der Katastrophenzug gerade befand, wie schnell er fuhr und was sonst noch von Bedeutung sein konnte.

Hartmann forderte vom Tower des Flughafens Hannover-Langenhagen die Starterlaubnis an. Eine Sondergenehmigung sollte ihnen erlauben, wichtige Luftstraßen zu überfliegen, um so auf dem kürzesten Wege den Treffpunkt mit dem entführten ICE zu erreichen. Als die Bell 110 über dem Helikopterstützpunkt schwebte, erfolgte nur wenige Augenblicke später die Freigabe zum bevorstehenden Beobachtungsflug.

»Hier ist der Tower Flughafen Hannover-Langenhagen. Flug Nr. 0174. Sie haben Starterlaubnis für den Großraum Hannover und Sondergenehmigung für Flughöhen unterhalb 100 Meter. Aktionsbereich Hannover-Kassel, entlang der ICE-Hochgeschwindigkeitsstrecke Hannover-Würzburg.«

Hartmann leitete mit einer leichten Linkskurve den Beginn einer Verfolgungsjagd ein. Sie sollte ihm und seiner Besatzung noch das Äußerste an Können und Nervenkraft abverlangen...

In der Einsatzzentrale der Bahnpolizei Hannover bereitete man sich auf einen Großeinsatz vor. Herbert Kupfernagel, der Leiter und gleichzeitig Hannovers oberster Bahnpolizist, hatte sich schon kurz nach Bekanntwerden der Entführung zu einer ersten Lagebesprechung in die Leitzentrale begeben. Auf dem Wege dorthin verschaffte er sich einen groben Überblick, wieviel Personal und Sachmittel ihm zur Verfügung stehen würden. Ständig die Uhrzeit im Auge behaltend eilte er sportlich eine Art Notfalltreppe direkt neben der Leitzentrale hinauf. In Einsatzsituationen vermied er es grundsätzlich, Fahrstühle zu benutzen. Dies tat er stets im Bewusstsein, sie könnten ausgerechnet dann ihren Geist aufgeben und ihm zur Falle werden, wenn er so dringend benötigt wurde, wie jetzt.

In der Leitzentrale ließ sich Kupfernagel über den aktuellen Stand der ICE-Entführung unterrichten. Er wies seine Kollegen an, unverzüglich und ausnahmslos sämtliche Bahnsteige und Unterführungen, die sich in unmittelbarer Nähe des sich rasend nahenden Zuges befanden, von Fahrgästen und anderen Menschen zu evakuieren. Unterstützt wurde er dabei von alarmierten örtlichen Polizeibeamten angrenzender Großreviere, die die Räumung und Absperrung vor dem Bahnhofsvorplatz und in deren näheren Umgebung übernahmen.

Bereits kurz nachdem die ICE-Entführung bekannt geworden war, befanden sich mehr als 300 Beamte rund um den Hauptbahnhof Hannover im Einsatz.

Kupfernagel hatte weitere Instruktionen an die Einsatzkräfte über Funk durchgegeben. Schon wenig später konnte er vom Panoramafenster der Leitzentrale aus erkennen, wie sich die Menschen in Eile von den Bahnsteigen entfernten. Sie taten dies mit einer gewissen Hektik, jedoch ohne Anzeichen von Panik. Die galt es unter allen Umständen zu vermeiden. Und in diesem Punkt konnte sich Kupfernagel hundertprozentig auf seine Kollegen verlassen.

Er hatte für eine Weile seinen Standort in der Leitzentrale gewechselt und begab sich zum anderen Ende des Raumes. Von dort aus bot sich ihm ein eindrucksvoller Ausblick auf eine Vielzahl von Signaleinrichtungen, Weichen und vorbeifahrender oder wartender Züge. Sie bewegten sich scheinbar unter einem Netz feingewobener Stahldrähte, aus denen sie ihre elektrische Energie bezogen.

Kupfernagel hatte zu diesem Gewirr aus Tausenden von Tonnen Stahl und einer für ihn unverständlichen technischen Welt nie so recht ein harmonisches Verhältnis entwickeln können. Er hatte zweifellos Respekt und Hochachtung. Fasziniert hatte es ihn jedoch nie. Einen Laien wie ihn berührte das mit einem Gefühl zwischen Verwunderung, Ohnmacht und zuweilen auch Hilflosigkeit.

Kupfernagel war eher ein Mann von Kalkül und Praxis. Er verstand es, mit Problemen, die die innere Sicherheit betrafen, stets gelassen umzugehen. Hatte er sich erst einmal einen Überblick über einen bevorstehenden Einsatz verschafft, so war er innerhalb kürzester Zeit in der Lage, Gegenmaßnahmen zu ergreifen. Mit einem Minimum an Aufwand, Personal und Zeit erreichte er dann auch regelmäßig das gesteckte Ziel.

Bevor er Anfang der achtziger Jahre in den Dienst der Bahnpolizei gewechselt hatte, war Kupfernagel mehrere Jahre als Hundertschaftsführer beim Bundesgrenzschutz tätig gewesen. Dort hatte er es gelernt, mit größeren und zum Teil auch schwer lösbaren Problemen fertig zu werden. Zugegebenermaßen mit einem bedeutend umfangreicheren Mitarbeiterstab. Dafür war aber die Verantwortung gleichmäßig auf mehrere Ebenen verteilt gewesen - eine Folge der Hierarchie beim Bundesgrenzschutz.

Kupfernagel hatte in den ersten Jahren bei der Bahnpolizei von dieser gründlichen und umfassenden Ausbildung profitiert und hatte bei seinen Kollegen - und auch weit über die Grenzen Hannovers hinaus - ein hohes Ansehen erlangt.

»Voraussichtlich 15 Minuten bis Eintreffen des ICE 4100 Bavaria-Express, bei konstant 183 km/h mit Einfahrt in Hauptgleis 15«, gab ein Bediensteter der Leitzentrale bekannt.

»Noch immer viel zu schnell für diesen Streckenabschnitt«, stellte Baumann besorgt fest, als er sich Kupfernagel näherte.

»Schaffen es Ihre Kollegen rechtzeitig bis zum Eintreffen des ICE, den gesamten Bahnhofsbereich zu evakuieren?«, wollte Baumann wissen, noch bevor sich Kupfernagel über das Handsprechfunkgerät bei seinen Einsatzkräften über den Fortgang der angeordneten Maßnahmen erkundigte.

»Ich denke schon«, war Kupfernagels kurze Antwort.

»Bis dahin müsste die Platte geputzt sein«, fügte er flapsig hinzu und sprach seine Kennung in das Handsprechfunkgerät: »Adler eins bis zehn für Adler kommen«. Mehr als zweihundert Beamte konnte er damit gleichzeitig erreichen, und innerhalb nur weniger Sekunden meldeten sich nacheinander sämtliche Einsatzgruppen mit Standort und kurzem Lagebericht.

»In circa sieben Minuten, spätestens zehn Minuten, sind unsere Maßnahmen beendet. Dann wird sich keine unbefugte Person mehr im Bahnhofsbereich aufhalten. Dies gilt auch für sämtliche Geschäftsräume im Hauptgebäude«, ließ Kupfernagel den ungeduldig wirkenden Baumann wissen.

»Sie sind aber eine sehr nette Zugbegleiterin, wenn ich das einmal bemerken darf«, schmeichelte ein Mittfünfziger der Kollegin Tietjen.

Sie hatte ihm zuvor eine Kleinigkeit zu essen und trinken serviert, was ihr ein großzügiges Trinkgeld eingebracht hatte. Dem Herrn hatte es sichtlich Vergnügen bereitet, ihr daraufhin ein Kompliment nach dem anderen zu machen.

Trotz ihrer 28 Jahre erwischte sie sich doch immer wieder dabei, dass sie bei derartigen Begegnungen leicht verlegen wurde und errötete.

»Ihre Dienstuniform steht Ihnen übrigens außerordentlich gut«, schmeichelte ihr der Fahrgast, worauf sie mit einem freundlichen Lächeln und dem obligatorischen »Oh, vielen Dank!« reagierte.

Die Erfahrungen als ehemalige Stewardess bei der Lufthansa hatten sie gelehrt, dass es höchste Zeit war, sich anderen Fahrgästen zuzuwenden. Denn was sie in den nächsten Minuten von diesem Fahrgast zu hören bekommen würde, wusste sie. Ihr war schließlich bekannt, dass sie ziemlich gut aussah und einen auffallend hübschen Busen hatte, den sie mit einem trägerlosen BH betonte. Auch dass die Farbe ihrer Augen gut zu ihrer Haarfarbe passte, hatte sie schon oft genug gehört. Dies alles wollte sie nicht noch einmal von diesem eigentlich netten und anständigen Herrn gesagt bekommen, der viel zu lang mit seinen Blicken schon damit beschäftigt war, sie regelrecht auszuziehen.

Seit sie vor circa einem Jahr ihre Tätigkeit als Zugbegleiterin aufgenommen hatte, hatte sie sich schon eine Vielzahl anzüglicher Bemerkungen von Männern gefallen lassen müssen. Die Palette reichte von eindeutigen Angeboten zur Gestaltung des Feierabends, über Einladungen zu Urlaubsreisen bis hin zum spontanen Heiratsantrag.

Einmal hatte sie es erlebt, dass ein Fahrgast ernsthaft zudringlich geworden war. Er hatte ihr beim Vorbeigehen einfach unter den Rock gegriffen, was sie ohne Zögern bei ihrem Chef gemeldet hatte. Die Folge war gewesen, dass der Fahrgast am nächsten Bahnhof von der Bahnpolizei in Empfang genommen wurde, wegen sexueller Belästigung angezeigt und wenig später mit 2000 DM zur Kasse gebeten worden war. Es hatte ihm letztlich auch nichts mehr genutzt, dass er sich sofort bei Anke Tietjen entschuldigt hatte.

Derartige Vorfälle waren in ihrem neuen Job glücklicherweise äußerst selten. Da hatte sie als Stewardess schon häufiger solche Unannehmlichkeiten gehabt. Vor anderthalb Jahren hatte sie bei der Fluggesellschaft gekündigt, kurz nachdem sie ihren jetzigen Ehemann kennen gelernt hatte. Sie hatte dies getan, um so oft wie möglich in seiner Nähe sein zu können. Wenn sie in gut zwei Stunden Würzburg erreichten, würde ihr Hans-Jürgen sie schon am Bahnhof erwarten. Er war in Würzburg bei der Bundeswehr beschäftigt, außerdem wohnten seine Eltern dort, so dass sie ihr Treffen gleich mit einem Besuch bei der Familie verbinden konnten. Doch bis dahin trennte sie noch eine Entfernung von mehr als 350 Kilometern.

Ein Blick aus dem Fenster ließ Anke Tietjen erkennen, dass sie in weniger als fünfzehn Minuten den Hauptbahnhof Hannover erreichten. Sie fuhr so oft die gleiche Strecke, dass sie fast automatisch wusste, wann sie am nächsten Bahnhof eintreffen würden. Ihr fiel jedoch in diesem Augenblick auf, dass sie noch gar nichts vom Kollegen Schumacher über die Sprechanlage vernommen hatte.

Er meldete sich meist mit einem Hinweis auf weitere Anschlusszüge für umsteigende Fahrgäste, die den ICE in Hannover verlassen würden. Auch vermisste sie die Durchsage für den Restaurantservice, die ebenfalls schon längst hätte erfolgen müssen. Oder war sie durch ihre Arbeit derart abgelenkt gewesen, dass sie die Ankündigungen einfach überhört hatte?

Ein merkwürdiges Gefühl der Angst machte sich in ihr breit. Sie konnte die Ursache dafür weder definieren noch einordnen. Sie wusste nur, dass der gewohnte Ablauf durch irgend etwas gestört war. Nur hatte sie zu diesem Zeitpunkt keinerlei Idee, was es wohl sein könnte. Anke Tietjen be- schloss daher, sich in Richtung Service-Abteil zu begeben, um sich bei ihrem Kollegen Schuhmacher zu erkundigen. Als sie das 1. Klasse-Abteil betrat, wurde sie jedoch von einem Fahrgast aufgehalten.

»Ach, sind Sie doch bitte so nett und erklären mir, wie ich den NDR2 hier einstellen muss?«

»Aber natürlich. Sie können über diese Anschlußbuchse Ihren Kopfhörer anschließen«, erklärte sie dem Fahrgast. »Den jeweiligen Sender stellen Sie bitte dann mit dieser Taste ein, die Sie nur kurz anzutippen brauchen.«

Anke Tietjen konnte auf einem Display die Uhrzeit ablesen. Es war genau 8.45 Uhr. Als sie die Sendersuchlauftaste betätigte und die Sendefrequenz 99.8 MHZ erschien, hörte sie über den eingeschalteten Außenlautsprecher zufällig den Beginn einer Meldung:

»...wie uns soeben mitgeteilt wurde, ist ein ICE der Deutschen Bahn AG kurz nach Verlassen des Hamburger Hauptbahnhofs von mindestens einer bewaffneten Person in ihre Gewalt gebracht worden. Genaueres liegt uns zur Zeit nicht vor. Wir werden sie jedoch auf dem Laufenden halten...«

Anke Tietjen starrte den Fahrgast an, sie war wie elektrisiert von dieser Meldung. Zunächst dachte sie an einen Scherz und konnte nicht glauben, was sie soeben gehört hatte. Sie versuchte sich einzureden, dass dies nur ein Missverständnis sein konnte oder eine Falschmeldung, die aus unerfindlichen Gründen über den Sender gegangen war. Zugegeben, es wäre doch eine sehr makabre Ente gewesen.

»Wer sollte denn auf die Idee kommen, diesen Zug zu entführen?«, fragte sie sich und bemerkte, wie einige Fahrgäste nunmehr aufgeregt und unüberhörbar miteinander sprachen, über etwas diskutierten. Ihr war klar, dass sie natürlich ebenfalls diese Meldung gehört haben mussten.

»Unser Zug hier befindet sich in der Hand eines Entführers, eines Wahnsinnigen oder Terroristen«, schrie ein Fahrgast am Ende des Erste-Klasse-Abteils aus einer Sitzreihe in den Gang. Anke Tietjen sah sich einer verunsicherten und in Panik geratenden Menschenmenge gegenüber.

»Was geht hier eigentlich vor?«, wollte ein Fahrgast von ihr wissen.

»Stimmt es, dass sich ein Entführer in der Lok befindet und den Zugführer die ganze Zeit über bedroht?«

Bevor Anke Tietjen auch nur ein Wort auf diese Frage antworten konnte, wurde einige Meter entfernt plötzlich eine Abteiltür aufgerissen. Mehrere Fahrgäste vom benachbarten Mittelwagen stürmten in das Erste-Klasse-Abteil. Der Zugbegleiterin gelang es gerade noch ein lautstarkes »Nun-beruhigen-Sie-sich-doch-bitte-erst-einmal!« herauszuschreien, um die zum Teil aggressiv wirkenden Fahrgäste zur Räson zu bringen. In diesem Augenblick meldete sich über die Bordsprechanlage ihr Kollege Schuhmacher mit einer Mitteilung an die Fahrgäste.

»Hier spricht Ihr Zugbegleitservice. Meine sehr geehrten Damen und Herren. Ich bitte um Ihre geschätzte Aufmerksamkeit!«

In Bruchteilen einer Sekunde wurde es schlagartig ruhig im Abteil. Auch die Fahrgäste, die aus den anderen Wagen herbeigeeilt waren, konzentrierten sich gespannt auf die Durchsage, die irgendwo von der Decke oder den Wänden zu der verunsicherten Menschenmenge kam.

Anke Tietjen erkannte, wie schwer es Schuhmacher fiel, die Zuhörer zu beruhigen. Seine Stimme klang nervös und unsicher. Auch kleine Sprechpausen halfen nicht darüber hinwegzutäuschen, wie ernst die Situation möglicherweise für die Reisenden in diesem Zug war.

Die Zugbegleiterin wusste nur zu genau, dass die Passagiere in solchen Extrem-Situationen vollständig aufgeklärt werden wollten - ohne Wenn und Aber. Sie beobachtete mit großer Sorge, dass sich immer mehr Fahrgäste aus anderen Mittelwagen um sie herum versammelten.

»Hier kommen wir doch nie wieder heil heraus!«, schrie ein Fahrgast aus der Menge. Er war drauf und dran, die anderen Mitreisenden auf seine Seite zu ziehen und sie gegen das Zugpersonal einzunehmen.

»Das ist doch hier ein riesiger metallener Sarg auf Rädern, der noch nicht einmal eine Notbremse, mit der man diesen verdammten Zug zum

Halten bringen könnte.«, machte sich ein Fahrgast lautstark Luft. Er ging dabei einige Schritte auf Anke Tietjen zu. Sie fühlte sich wie gelähmt, und es war ihr bisher nicht gelungen, sich auch nur einen Meter in Richtung Serviceabteil zu bewegen. Von beiden Seiten des Ganges wurde sie nun regelrecht umstellt von verängstigten und hilfesuchenden Fahrgästen.

»Versuchen Sie uns hier nicht für blöd zu verkaufen, indem Ihr Kollege von einer Situation erzählt, die angeblich unter Kontrolle sei. Der weiß doch selber gar nicht, was für ein Idiot da vorne den Zug entführt hat«, versuchte ein aufs höchste erregter Fahrgast Frau Tietjen einzuschüchtern. Mit Entsetzen stellte sie fest, wie machtlos sie dieser Situation gegenüberstand. Zu was wären diese Menschen wohl imstande, um so schnell als möglich aus diesem Zug herauszukommen? Würden sie vielleicht versuchen, das Serviceabteil zu stürmen, um zu Kronberger vorzudringen und diesem Albtraum ein Ende zu bereiten? Würden sie überhaupt diese ganze Situation schadlos überstehen? Fragen über Fragen schossen der Zugbegleiterin Tietjen durch den Kopf. Sie war kaum mehr imstande, klar und logisch zu denken.

Bereits gegen 8.40 Uhr entschloss sich die Betriebsleitung der Bahn-AG Hannover eine Durchsage an die Reisenden des entführten ICE zu senden. Hierfür sollte der Direktkanal D100 geschaltet werden, mit dem sich während der Mitteilung die Innengeräusche einzelner Abteile empfangen ließen und wodurch man sich ein Bild von der Situation unter den Fahrgästen verschaffen konnte.

Im Eilverfahren erteilte ein Oberstaatsanwalt des Oberlandesgerichts Hannover die Genehmigung für diesen Eingriff in die Privatsphäre der Reisenden. Man hatte mit Hilfe von Psychologen des betriebsärztlichen Dienstes der Bahn AG Hannover dafür Sorge getragen, die Durchsage so zu formulieren, dass sie unter keinen Umständen Panik unter den Fahrgästen auslösen würde.

Den Fahrgästen sollte diese Durchsage das Gefühl vermitteln, dass sich die Situation, in der sie sich befanden, in absehbarer Zeit zum Guten wenden würde. Es sollte der Eindruck entstehen, dass für sie genügend getan werde und dass man sie auch nicht einen Augenblick ihrem Schicksal überließe. Kurze, klare und deutliche Anweisungen, die die Fahrgäste zu befolgen hätten, sollten auf ihr Verhalten beruhigend einwirken. Mehr konnte man ohnehin zu diesem Zeitpunkt der Entführung nicht für sie tun. Darüber war man sich schließlich einig.

In der Regel werden die Fahrgäste über Anschlusszüge, Verspätungen und sonstige betriebliche Besonderheiten direkt von der Betriebsleitung informiert. Im ICE-Service der Bahn AG ist das alltägliche Praxis. Die Reisenden sind mit solchen Durchsagen vertraut. In einer außergewöhnlichen Situation ist dies ein durchaus wichtiger Aspekt. Die Angesprochenen haben dadurch nicht das Gefühl, mit einer unbekannten und geheimnisvollen technischen Einrichtung konfrontiert zu werden. Mitarbeiter des betriebsärztlichen Dienstes bezogen auch diese nicht zu unterschätzende psychologische Wirkung in ihre Überlegungen mit ein.

Als sich der ICE 4100 circa fünf Kilometer vom Bahnhof Celle entfernt befand, meldete sich die Betriebsleitung Hannover mit folgender Mitteilung an die Fahrgäste:

»Hier spricht die Betriebsleitung der Deutschen Bahn AG Hannover. Es folgen wichtige Informationen für die Fahrgäste des ICE Bavaria-Express von Hamburg nach München:

Wie Sie sicherlich bereits erfahren haben, wird der Zugführer von einer Person bedroht. Daher ist es im Augenblick nicht möglich, die angegebenen Fahrzeiten einzuhalten und die Haltebahnhöfe in gewohnter Weise anzufahren. Wir bitten Sie daher, auf Ihren Sitzplätzen zu bleiben, Ruhe zu bewahren und unbedingt den Anweisungen des Zugbegleitpersonals Folge zu leisten. Wir stehen mit dem Lokführer im ständigen Kontakt und sind bemüht, den gewohnten Betriebsablauf so schnell wie möglich wieder herzustellen. Bitte beachten Sie weitere Durchsagen, mit denen wir Sie auf dem Laufenden halten werden.«

Die Reaktionen der Fahrgäste waren zunächst recht unterschiedlich. Die meisten von ihnen befolgten gleich die Anweisung, ihre Plätze wieder einzunehmen. Andere wiederum brachten ihren Unmut zum Ausdruck, wie sie es bereits seit Bekanntwerden der Entführung getan hatten. Einige saßen nur da, völlig apathisch wirkend; ihnen war Erschrecken und Schock geradezu aufs Gesicht geschrieben.

Nach dieser Durchsage herrschte unter den Reisenden betretenes Schweigen. Größtenteils war es wohl Ihre Angst, die sie verstummen ließ. Sicherlich war es aber auch ein Zeichen von beginnender Resignation und dem Gefühl, ohnehin nichts tun zu können.

Den Mitarbeitern in der Betriebszentrale Hannover bereitete das Andauern dieser außergewöhnlichen Situation erhebliches Kopfzerbrechen. Schließlich hatten die Fahrgäste darunter zu leiden. Denn man wusste nur zu genau, dass die Entführung des ICE 4100 unter Umständen noch einige Stunden andauern konnte. Es war somit nicht auszuschließen, dass in absehbarer Zeit mit Panikreaktionen unter den Fahrgästen zu rechnen war.

Baumann zündete sich eine Zigarette an und trank hastig einen Schluck Kaffee. Er hielt sich nun schon seit mehr als einer Stunde in der Leitzentrale auf, umgeben von mindestens einem Dutzend Mitarbeitern. Sie waren mit nichts anderem beschäftigt, als Züge umzuleiten, Verspätungen bekannt zu geben oder ganze Streckenabschnitte für den Zugverkehr stillzulegen. Dies würde zumindest für die Dauer des Einsatzes der Aktion »Rot-Signal« erforderlich sein.

Innerhalb kürzester Zeit waren im Großraum Hannover mehr als dreihundert Züge umgeleitet oder ersatzlos gestrichen worden. Der überwiegende Teil der Gleise war auf einer Länge von mehreren hundert Kilometern für jeglichen Zugverkehr gesperrt. Auf dem Übersichtstableau der Leitzentrale leuchteten auffallend viele rote Lämpchen. Zudem überlagerten mehrere akustische Meldeeinrichtungen die Geräuschkulisse der Leitzentrale. Technischen Laien musste dieses Bild den Eindruck eines unüberschaubaren Chaos' vermitteln.

Es schien so, als ob nahezu alle EDV Systeme ausgefallen waren. Für die Mitarbeiter Baumanns war es jedoch keinesfalls eine Katastrophe. Vielmehr stellte es sich als ein einzigartiger Kampf gegen die Zeit - oder als Wettlauf mit ihr - dar. Schließlich mussten bis zum Eintreffen des entführten ICE alle Vorkehrungen abgeschlossen sein. Dabei durfte nicht ein einziger Zug oder gar eine Streckensperrung übersehen werden, die die Aktion »Rot-Signal« in ernsthafte Gefahr bringen konnte. Es herrschte eine unverkennbare Hektik.

»Standort Burgwedel, Geschwindigkeit 185 km/h, Restdistanz 28 Kilometer entsprechend circa neun Minuten bis zum Eintreffen«, lautete die letzte aktuelle Standortmeldung für den entführten ICE.

Baumann hatte die Zugbewegung bereits seit mehreren Minuten mit angespannter Aufmerksamkeit verfolgt. Der ICE hatte wieder an Geschwindigkeit zugelegt und steuerte in den nächsten Minuten die Vorortbahnhöfe von Hannover an. Diese waren laut Ausbauunterlagen auf den Hauptgleisen für eine maximale Geschwindigkeit von 175 Stundenkilometer ausgelegt.

»Nicht genug, dass der Entführer den Zug sowie den Gleiskörper durch die extremen Geschwindigkeiten überbeansprucht. Nein, er muss auch noch unsere Nerven strapazieren«, fluchte Baumann still in sich hinein. »In der Haut des Kollegen Kronberger möchte ich weiß Gott nicht stecken. Der ist im Augenblick nicht zu beneiden«.

Baumann schaute konzentriert auf das Anzeigetableau. Der ICE war demnach schon mehr als acht Minuten zu früh. Kurz entschlossen versuchte er erneut mit dem Entführer Funkkontakt aufzunehmen, um noch einmal eindringlich an ihn zu appellieren, die Geschwindigkeit zu drosseln. Nichts wünschte er sich mehr, als es zu schaffen, den Entführer zur Aufgabe zu bewegen. Baumann wusste, es würde bei diesem Wunsch bleiben, dazu war er Realist genug. Warum sollte ausgerechnet er, Baumann, einen so starken Einfluss auf diesen Verrückten ausüben, wo er doch keinerlei psychologische Kenntnisse zur Krisenintervention hatte? Er kehrte von seinen Wunschvorstellungen schnell wieder zurück zu den Tatsachen und Gegebenheiten. Und diese sollten sich in den nächsten Minuten zu einer Nervenprobe für alle Betroffenen entwickeln.

»Die Leitzentrale Hannover ruft den Bavaria-Express«, begann Baumann erneut mit dem entführten ICE Kontakt aufzunehmen. Dieses Mal musste er auf eine Reaktion recht lange warten. Als er seinen Anruf wiederholen wollte, meldete sich der Entführer schließlich selbst.

»Was gibt es Neues zu berichten? Habt Ihr etwa Probleme, uns ungehindert weiterfahren zu lassen? Das hoffe ich jedenfalls weder für Euch, noch für uns alle hier. Denn kommt bloß nicht auf den Gedanken, diesen Zug auf eine Geschwindigkeit von unter 120 Stundenkilometer zu bremsen. Dann fliegt nämlich dieser schöne ICE in tausend Teile. Habt Ihr das verstanden?«

Die Mitarbeiter in der Leitzentrale hatten sehr gut verstanden, was der Entführer damit hatte sagen wollen. Er drohte den Zug in die Luft zu sprengen! Baumann wurde es mulmig. Wahrscheinlich befindet sich am oder im Zug eine Vorrichtung, die bei Unterschreiten der Reisegeschwindigkeit von 120 Stundenkilometern einen Sprengsatz zündet und eine unvorstellbare Katastrophe auslöst, überlegte er.

Die Entschlossenheit des Entführers irritierte ihn, denn dieser erschreckte scheinbar vor nichts mehr zurück. Offensichtlich wurde er von einem fanatischen Gedanken angetrieben, warum auch immer. Jetzt konnte sich Baumann auch erklären, warum der Entführer den Zug mit so hoher Geschwindigkeit steuern ließ. Er dachte darüber nach, ob der vermeintliche Sprengsatz durch den Entführer selbst zur Explosion gebracht werden konnte. Oder war dies ausschließlich und damit zwangsläufig durch Unterschreiten der Geschwindigkeit des Zuges vorgegeben? Sollte dies der Fall sein, dann war der Bavaria-Express eine rollende Bombe, und es war nur eine Frage der Zeit, wann sie explodierte! Denn irgendwann und irgendwo musste der Zug ja ohnehin zum Halten gebracht werden. Ein Gedanke, den Baumann einfach nicht zu Ende denken wollte.

Sollte jedoch die Entscheidung ausschließlich beim Entführer liegen, die Explosion herbeizuführen, so wäre es ein unerhörter Wettlauf mit der Zeit, ihn durch geschicktes Überreden schließlich doch noch von seiner Wahnsinnstat abzubringen. Baumann begab sich ohne Zögern ans Telefon und ließ sich mit der Verhandlungsgruppe des Landeskriminalamtes Hannover verbinden. Die Bombendrohung hatte der Entführung des ICE 4100 Bavaria-Express eine ganz andere Qualität und Dimension gegeben, und auf die hatte man sich einzustellen. Baumann wusste, dass die Spezialisten des LKA jenes Know-how besaßen, das erforderlich war, um solch einen Verrückten von der Sinnlosigkeit seines Agierens zu überzeugen.

Schuhmacher blickte in Richtung der Durchgangstür, die zum Antriebswagen des ICE führte. Durch diese Tür war der als Service-Techniker verkleidete Entführer vor mehr als einer Stunde bis in den Führerstand gelangt. Wiederholt hatte er sich über diesen unglaublichen Vorfall den Kopf zerbrochen.

Nun befand sich sein Kollege Kronberger mit mehr als 200 Fahrgästen in unmittelbarer Gefahr. Schuhmacher versuchte herauszufinden, welches Motiv der Täter wohl haben konnte, diesen Zug zu entführen.

»Was bringt einen Menschen nur dazu, einen Reisezug zu entführen«, fragte er sich. »Steckte dahinter vielleicht sogar eine terroristische Vereinigung? Oder war es ein geistig verwirrter Mensch, der seine Geltungssucht mit einer Zugentführung befriedigen wollte?«

Fragen über Fragen, deren Antworten Schuhmacher ohnehin nicht beantworten konnte.

Vom ständigen Nachdenken und der Anspannung bekam er zudem auch noch heftige Kopfschmerzen. Er fühlte sich in seiner Haut so unwohl wie schon lange nicht mehr. Seit er von der Entführung erfahren hatte, schien nichts mehr in Ordnung zu sein. Er fühlte sich wie bei einem bedrohlichen Sturzflug. Schuhmacher musste erkennen, dass seine Möglichkeiten, etwas Sinnvolles in dieser Situation zu tun, gegen Null tendierten. Er hatte nicht die geringste Chance, in dieses Geschehen einzugreifen. Nicht einmal ansatzweise.

Er konnte sich auch nicht daran erinnern in seiner Ausbildung jemals etwas über Verhaltensweisen während einer Zugentführung gehört zu haben. Seines Wissens hatte sich bisher niemand ernsthaft damit auseinandergesetzt oder eine Art Notfallprogramm für den Entführungsfall eines Zuges ausgearbeitet. Schuhmacher mutmaßte verärgert, dass jetzt, wo eine derartige Notlage eingetreten war, alle Unbeteiligten natürlich am besten wissen würden, was zu tun gewesen wäre, damit es erst gar nicht zu einer derartigen Situation hätte kommen können. Er suchte noch immer krampfhaft nach Möglichkeiten, um selbst in dieses Geschehen einzugreifen. Aber er drehte sich dabei nach wie vor im Kreis. Das Schlimmste, dachte er, ist das Ausgeliefertsein und das nutzlose Warten, bis endlich alles vorbei ist.

Es waren einige Minuten vergangen, seit sich die Leitzentrale bei ihm zum letzten Mal gemeldet hatte. Die Mitarbeiter dort standen sicherlich vor ebenso großen Problemen und konnten sie in ihrer ganzen Tragweite wahrscheinlich noch gar nicht überblicken.

Vergeblich versuchte Schuhmacher, sich die momentane Situation in der Leitzentrale Hannover vorzustellen. Er war sich sicher, dass in diesem Moment die Auswirkungen der Entführung nirgendwo heftiger zu spüren waren als dort. Die Alltagsroutine musste von einem Moment auf den anderen in eine Krisenstimmung umgeschlagen sein, die sich durch Hektik, Aufregung und natürlich Angst bemerkbar machte. Sie forderte zweifellos jeden einzelnen auf besondere Art.

Schuhmacher wurde aus diesen Gedanken wie aus einem schlimmen Traum herausgerissen und schlagartig in die Realität zurückgeworfen.

»...Bitte melden Sie sich 4100!«, forderte ihn laut eine Stimme auf, und erst jetzt hatte er sie endlich wahrgenommen.

»Zugbegleit-Service ICE 4100«, antwortete Schuhmacher knapp.

»Hier ist die Leitzentrale Hannover. Der ICE wird in circa sechs Minuten ohne Zwischenstopp durch den Hauptbahnhof Hannover fahren. Wir haben alle notwendigen Vorkehrungen getroffen, um eine ungehinderte Durchfahrt auf dem Hauptgleis 15 zu ermöglichen. Bitte unterrichten Sie auch Ihre Mitarbeiterinnen davon, und beruhigen Sie die Fahrgäste, soweit dies möglich ist. Des weiteren schalten Sie bitte die Übertragungseinrichtungen für die Rundfunksendungen in den einzelnen Wagen ab, um die Reisenden durch die aktuellen Nachrichten zu dieser Entführung nicht zusätzlich zu beunruhigen. Über weitere Maßnahmen werden wir Sie zu gegebener Zeit informieren«. Der Anrufer beendete seine Durchsage, ohne auf eine Antwort Schuhmachers zu warten.

»Wie Sie ja soeben mitbekommen haben, werden wir ohne Halt den Hauptbahnhof Hannover passieren«, bestätigte Schuhmacher noch einmal die wichtigste Aussage gegenüber den Kolleginnen. Sie nahmen sie fassungslos zur Kenntnis. In ihren Ohren klang sie überaus bedrohlich. Etwas Endgültiges, ja Unabwendbares war aus ihr herauszuhören gewesen. Es machte einfach Angst.

»Aber ist es denn überhaupt möglich, mit einer derartig hohen Geschwindigkeit durch einen so großen Bahnhof mit den vielen Weichen und Kurven zu fahren, ohne dabei zu entgleisen?«, hakte Jessika Buchbinder nach und schaute sichtlich geschockt in Richtung Schuhmacher.

»Sie haben doch gehört, was die Kollegen von der Leitzentrale angekündigt haben. Wir werden den Hauptbahnhof Hannover durchfahren, ohne dass es dabei zu Problemen kommen wird.«

»Das sagen die doch nur, um uns zu beruhigen«, entgegnete Jessika Buchbinder.

»Woher wollen die denn wissen, ob wir nicht in einer dieser vielen Kurven oder Weichen entgleisen, wenn wir so schnell fahren?«, bohrte sie weiter.

Sie erhielt von ihm jedoch keine Antwort. Schuhmacher wirkte geistesabwesend. Sein Gesichtsausdruck verriet, dass er seine Angst und Hilflosigkeit nun auch vor seinen Mitarbeiterinnen nicht mehr verbergen konnte.

Im Serviceabteil herrschte eine gespannte Ruhe, die niemand zu stören wagte. Keiner der Anwesenden wollte seine Angst offen zugeben.

Aber jeder von ihnen durchlebte diese Todesangst. Schließlich wusste niemand, was in den nächsten Minuten auf die Passagiere des ICE 4100 Bavaria-Express alles zukommen würde...

»Da ist er! Können Sie ihn sehen?«

Der Helikopter-Pilot Hartmann hatte den Bavaria-Express als erster entdeckt. Er durchfuhr gerade mit hoher Geschwindigkeit den Vorortbahnhof Hannover-Langenhagen. Wie aus dem Nichts tauchte er unter der Bahnsteigüberdachung hervor und war nun in voller Länge zu erkennen.

»Schauen Sie in Richtung fünf Uhr«. Hartmann wollte mit diesem Hinweis den Beamten das Auffinden des Zuges erleichtern.

»Ja, nun kann man ihn erkennen«, gab daraufhin einer von ihnen zu verstehen. Sofort richtete er seine Spezialkamera aus und war bemüht, dem ständigen Vibrieren des Helikopters Ruhe entgegen zu setzen. Es bereitete ihm einige Probleme, ein halbwegs ruhiges Bild aufzunehmen.

Sein Kollege aktivierte daraufhin eine Übertragungseinrichtung, die Bilder vom entführten ICE direkt in das Medienzentrum des Landeskriminalamtes nach Hannover übertrug. Dort würde man damit beschäftigt sein, die Luftaufnahmen kriminaltechnisch auszuwerten.

»Können wir noch näher heran?«, wollte der Beamte an der Kamera von Hartmann wissen.

Seine Frage wurde durch den hochgestreckten Daumen des Piloten beantwortet. Der Beamte klemmte seinen Körper mit ganzer Kraft gegen die Ausstiegsluke des Helikopters. Dies war auch unbedingt erforderlich. Wenige Sekunden später verloren sie rasch an Höhe. Hartmann heftete sich mit seiner Bell 110 förmlich an das Ende des ICE. Der Höhenmesser zeigte nun konstant 50 Meter an, bei einer Fluggeschwindigkeit von knapp 180 km/h.

Dies ist normalerweise nicht die vorgeschriebene Besatzung für einen derartigen Auftrag, dachte Hartmann, als er kurz nach den beiden Beamten schaute. Sie hatten mit ihren technischen Einrichtungen reichlich zu tun. Es fehlte einfach eine Art Co-Pilot, der vorausschauend wichtige Informationen an den Piloten weitergeben konnte, um ihn und seine Besatzung rechtzeitig vor eventuellen Gefahren zu warnen. Er wusste, dass gerade dichtbesiedelte Gebiete einer Großstadt schon so manche Helikopter-Besatzung in ernste Situationen gebracht hatten. Hartmann hatte jetzt aber keine Zeit, um über derartige Dinge weiter nachzudenken.

Er klebte noch immer mit seiner Bell 110 am letzten Wagen des ICE

4100. Die Distanz betrug dabei kaum mehr als hundert Meter. In einiger Entfernung war bereits der Fernsehturm zu erkennen, der mit einer Höhe von mehr als 155 Metern wie ein riesiger Zinken aus der Erde ragte. Kontinuierlich, fast zeitlupenartig, näherten sie sich diesem Bauwerk. Der Fernsehturm stand in unmittelbarer Nähe des Hauptbahnhofs, den sie in wenigen Minuten erreichen würden. Niemand glaubte zu diesem Zeitpunkt ernsthaft daran, dass der ICE ohne Halt in dieses Gewirr von Weichen, Gleisen, Brücken und unzähligen Signal- und Sicherungseinrichtungen einfahren würde.

»Vorsicht! Ein Baukran!«, schrie ein Beamter in Richtung des Piloten, der für einen kurzen Augenblick durch irgend etwas abgelenkt worden war.

Reflexartig zog Hartmann den Steuerknüppel zu sich heran, als wollte er eine Notbremsung einleiten. Der Helikopter wurde augenblicklich zu einem scheinbar überdimensionalen Fahrstuhl umfunktioniert. Die Bell 110 schoss, wie von einer imaginären Kraft angetrieben, fast senkrecht nach oben. Nur wenige Meter unter ihnen huschte für einen kurzen Moment, kaum wahrnehmbar, der Ausleger des Baukranes vorbei. Hartmann hatte ihn wegen ungünstigen Lichtverhältnissen einfach nicht erkannt. Die Sonne hatte ihn geblendet, so dass er ihn einfach übersehen hatte. Außerdem war er viel zu sehr auf den ICE fixiert gewesen.

Aus Sicherheitsgründen flog er ab sofort in einer größeren Höhe und seitlich versetzt zum ICE.

Er hatte sich mittlerweile bis auf zwei Kilometer dem Hauptbahnhof Hannover genähert. Und seine Geschwindigkeit betrug weiterhin nahezu 180 Stundenkilometer.

Die Fotoreporter Thomas Beier und Mathias Klasen waren damit beschäftigt, ihre Ausrüstung zu verstauen. Zuvor hatten sie einen Bericht für den Lokalteil der Salzgitter-Nachrichten angefertigt und wollten nun ihrer Redaktion das Fotomaterial überbringen. In diesem Augenblick hörten sie aus dem Autoradio die Meldung von der Entführung des ICE.

»...soll es sich nach ersten Angaben um einen Einzeltäter handeln, der den Zug im Hauptbahnhof Hamburg in seine Gewalt gebracht hat. Nach bisher unbestätigten Meldungen befindet sich der ICE zur Zeit nur wenige Kilometer vor Hannover. Die letzte Forderung des Entführers soll die freie Durchfahrt durch den Bahnhof Hannover mit noch unbekanntem Ziel sein.

Über Motive und Hintergründe dieser Entführung ist zur Stunde nichts Näheres bekannt. Wir werden Sie selbstverständlich über Neuigkeiten in diesem Entführungsfall auf dem Laufenden halten.«

»Mensch Thomas, den holen wir uns in den Kasten, mach zu. Ich weiß auch schon, wo wir von dem Zug ein paar erstklassige Bilder schießen können«, rief Klasen seinem Kollegen zu.

»Los, lass uns keine Zeit verlieren!«, drängte er und setzte sich eilig hinters Steuer. Er ließ den Motor bereits laufen, als Beier noch an der Fototasche herumhantierte.

»Also, ich kenne da einen Tunnelabschnitt an der neuen Hochgeschwindigkeitsstrecke Hannover-Würzburg. Er liegt ganz in der Nähe von Diekholzen. Als der Streckenabschnitt vor zwei Jahren eingeweiht wurde, habe ich an einer Fotoreportage gearbeitet. Es ging damals um Aspekte der Bahnsicherheit in Tunnelabschnitten und insbesondere um Auswirkungen von Höchstgeschwindigkeiten auf den menschlichen Organismus. Das wurde schon fast eine medizinische Doktorarbeit, die wir uns da an Land gezogen hatten. Die Leser haben es uns aber ohne zu murren abgekauft und es folgte nicht ein einziger kritischer Leserbrief«.

Sie fuhren schon einige Zeit auf der Bundesstraße 243 in Richtung Diekholzen. Allen Fahrregeln zum Trotz bremste Klasen das Fahrzeug mit quietschenden Reifen kurz vor einer scharfen Rechtskurve übermäßig stark ab. Sie bogen auf einen Ackerweg ein, der direkt auf ein Waldstück führte, das noch etwa zwei Kilometer entfernt vor ihnen lag.

Klasen jagte mit dem VW-Bus wie auf einer Querfeldein-Rallye über einen Feldweg mit tiefen Schlaglöchern. Zum Glück kam ihnen niemand entgegen. Es wäre ohnehin kein Platz zum Ausweichen gewesen. Als sie unerwartet in ein tiefes Schlagloch fuhren, setzte die Hinterachse unsanft auf dem Boden auf. Einen Augenblick lang dachte Klasen, die Fahrt wäre nun zu Ende. Doch ließ er sich nichts anmerken. Seinem Kollegen schlug zum wiederholten Male die Kamera gegen das Armaturenbrett.

»Mein Gott, fahr doch bitte etwas vorsichtiger, sonst landen wir noch auf dem Acker und können diese Story im Krankenhaus schreiben«, fauchte ihn Beier von der Seite an. Klasens Reaktion war jedoch gleich Null. Ihn hatte wieder einmal das Jagdfieber gepackt. Wie so oft in solchen Situationen, wenn die Zeit knapp war und die Story brandheiß. Dann schien er alles um sich herum zu vergessen und sah nur noch ein Ziel vor sich: Er musste als erster am Ort des Geschehens sein!

»Die Entführung eines ICE!«, platzte es aus Klasen heraus. »Was für ein Idiot ist denn da mal wieder durchgeknallt?«, spöttelte er.

»Der hat doch nicht die geringste Chance, da je wieder heil rauszukommen. Wenn sie den erwischen, pusten sie ihn wie einen Spatz von der Laterne, noch bevor der sich versieht. Meinst Du nicht auch?« Beier klammerte sich noch immer verkrampft am Haltegriff der Beifahrertür fest, um den Stößen der Unebenheiten des Feldweges entgegenzuarbeiten.

»Ganz dicht ist der Kerl mit Sicherheit nicht. Aber von solchen Chaoten leben wir ja schließlich. Denn sie sind es doch, die uns ständig Futter für unseren Job liefern«, ließ er Klasen wissen, kurz bevor sie endlich das Waldstück erreichten.

Baumann hatte vor wenigen Augenblicken den Telefonhörer in die Gabel gelegt. Als er mit dem leitenden Beamten der Verhandlungsgruppe des Landeskriminalamtes Hannover sprach, hatte er insgeheim noch auf ein schnelles Ende der Entführung gehofft. Im Verlaufe des Telefonats hatte Baumann jedoch festgestellt, dass es eine ganze Reihe von Problemen gab, die nicht einfach so weggewischt werden konnten. Da war unter anderem von einem sich ständig fortbewegenden Tatort die Rede gewesen. Aber auch von einem derzeit noch unvollständigen Persönlichkeitsprofil des Täters, das den Psychologen für eine erste Kontaktaufnahme mit dem Entführer zu wenig Ansatzpunkte bot. Es gab einfach ein Übermaß an Risiken und Unsicherheitsfaktoren.

Baumann konnte sich nicht mehr an alle Details des Gesprächs erinnern. Ein Eingreifen, würde sich zum jetzigen Zeitpunkt jedenfalls, außerordentlich schwierig gestalten. Nach Auskunft des leitenden Beamten waren seine Mitarbeiter jedoch bemüht, alles nur Erdenkliche zu tun, um die Entführung schnell zu beenden. Das Bundeskriminalamt in Wiesbaden würde ebenfalls informiert sein und mit Hochdruck an Alternativen arbeiten. Zudem würde seit einigen Minuten der ICE von einem Beobachtungshubschrauber verfolgt. Wichtige Informationen lägen ihnen daher binnen kürzester Zeit vor, um geeignete Maßnahmen treffen zu können. Alles Weitere müsste sich dann ergeben, wenn genügend Daten ausgewertet wären, meinte der Beamte des Landeskriminalamtes abschließend zu Baumann.

Am Ende des Gespräches verspürte dieser nicht nur eine Art innere

Resignation und Ohnmacht. Er fühlte sich vielmehr hilflos, und ihn beschlich ein Gefühl von Angst. Das machte sich bei ihm wieder einmal durch ein leichtes Zittern der Hände bemerkbar. Diese Symptome begleiteten ihn nun schon seit einigen Jahren. In außergewöhnlichen Situationen hatte er stets damit zu kämpfen gehabt. Es kam ihm dann immer so vor, als erfassten ihn leichte Beben, die vom Inneren seines Körpers ausgingen und dieses Zittern seiner Hände auslösten.

Als ihn das letzte Mal dieses Gefühl überkam, war er bei der Beerdigung eines Arbeitskollegen gewesen, der als Rottenführer auf der Strecke von einem herannahenden Güterzug erfasst worden war. Es war die Konfrontation mit dem Tod gewesen, die Baumann einfach nicht hatte zulassen wollen.

Nachdem er sich eine Zigarette angezündet hatte, begab er sich zu den Zuglaufanzeige-Monitoren, die die aktuellen Zugbewegungen im Bereich des Hauptbahnhofs von Hannover und der Vorortbahnhöfe überwachten und steuerten. Nicht eine einzige Aktion war dort auszumachen. Alle Züge standen in sicherer Position auf Nebengleisen umgeleitet und durch eine Zwangspause von unbestimmter Dauer außer Betrieb gesetzt. Die Überwachungskameras im Bahnhofsbereich zeigten allesamt eine gespenstische Leere. Die Bahnsteige, auf denen man normalerweise Hunderte von Reisenden antreffen konnte, waren zuvor binnen weniger Minuten geräumt worden.

Die einzigen Lebewesen, die sich jetzt dort noch aufhielten, waren einige Tauben. Sie pickten in der Nähe eines Würstchenstandes die am Boden liegenden Reste von Brötchen und Weißbrot auf. Für kurze Zeit ließ sich Baumann durch die Anwesenheit dieser Tiere ablenken und schaute ihnen aus größerer Distanz gedankenverloren zu.

Seine Hauptsorge galt jedoch nach wie vor den Passagieren des sich unweigerlich mit hoher und gefährlicher Geschwindigkeit nähernden ICE 4100.

Baumann hatte sich während seiner mehr als drei Dienstjahrzehnte noch nie so hilflos einem Geschehen ausgeliefert gefühlt. In der Leitzentrale einfach so herumstehen und nur darauf zu warten, was mit einem fünf Millionen Mark teuren Hochgeschwindigkeitszug in den nächsten Minuten passieren würde, versetzte ihn in einen Zustand unnatürlicher Anspannung. Die unheimliche Ruhe, die ihn mittlerweile umgab, deutete zweifellos darauf hin, dass jeden Augenblick mit der entscheidenden Durchsage des

Chefoperators zu rechnen war. Die Atmosphäre in der Leitzentrale war zu keinem Zeitpunkt so explosiv und dramatisch gewesen. Das Schicksal von mehr als zweihundert Menschen lag ganz in den Händen eines unberechenbaren Entführers; wenn er wollte, hing ihr Leben an einem seidenen Faden. Eine unerträgliche Spannung zehrte an den Nerven aller Anwesenden in der Leitzentrale.

»Entfernung 1500 Meter, Geschwindigkeit 175 km/h konstant, Einfahrt Hannover-Hainholz, voraussichtliche Ankunftszeit in weniger als vierzig Sekunden«, lautete die knappe und präzise Durchsage, die die Anwesenden aus einer scheinbar lethargischen Stimmung herausriss.

Automatisch griffen Baumann, und wenige Augenblicke später zwei weitere Kollegen, zu den am Fenster bereitstehenden Ferngläsern, um das Herannahen des ICE zu verfolgen. In wenigen Sekunden müßte er eigentlich in ihrem Blickfeld erscheinen. Dann nämlich, wenn der ICE aus einer langgezogenen Kurve mit einem Radius von fast einem Kilometer Länge auftauchte.

Nach einer Art Zielgeraden von weiteren 500 Metern würde er dann direkt vor der Leitzentrale vorbeifahren.

Wegen der optischen Verzerrungen nahmen Baumann und seine Kollegen durch die Feldstecher zunächst nur ein überdimensionales Netz von Oberleitungen wahr. Das erschwerte zusätzlich die Suche nach dem einzigen Gleis, das zuvor für die ungehinderte Durchfahrt des ICE vom Hauptrechner der Leitzentrale freigeschaltet worden war. Ein kurzer Schwenk mit dem Fernglas in Richtung Hannover-Nordstadt - und Baumann war der Erste, in dessen Blickfeld der Bavaria-Express rückte.

»Da ist er!«, kommentierte Baumann mit auffallend ruhiger und beherrschter Stimme das Erscheinen des entführten ICE. Wie eine glitzernde Schlange wand sich der Zug aus der besagten Kurve und war bereits nach wenigen Sekunden in voller Länge erkennbar.

»Sehen Sie den Entführer?«, fragte Baumann hinter seinem Fernglas, wie mit sich selbst redend.

»Ja, er hält eine Pistole auf Kronberger gerichtet«, bestätigte Baumanns Kollege mit hastiger und sich fast überschlagender Stimme, ohne auch nur einen Moment den ICE aus den Augen zu lassen.

»So ein feiges Schwein!«. Der wenig sachliche Kommentar eines anderen Kollegen, der ebenfalls das Herannahen des Zuges mit einem Fernglas verfolgte, war nicht zu überhören.

»Noch fünf Sekunden bis zum Eintreffen im Hauptbahnhof, Geschwindigkeit konstant 180 km/h«, lautete die letzte Standortmeldung des Operators. Er hatte die letzten zwei Kilometer des ICE am Monitor verfolgt - dort erschien der Hochgeschwindigkeitszug als kleines grünes Lämpchen, das sich nur unmerklich fortbewegte. Es war das einzige übrigens, das zur Zeit in Bewegung war. Sonst bewegten sich mehrere Dutzend gleichzeitig über den Monitor und symbolisierten ein- und ausfahrende Züge. Der Großrechner der Leitzentrale erfasste die Informationen über Standort und weitere zugtechnische Parameter und verarbeitete sie weiter. Dieses einzige Lämpchen nun bewegte sich unaufhaltsam auf den Kilometer Null zu. Es markierte den Hauptbahnhof Hannover. Hier begann im sprichwörtlichen Sinne ein neues Zeitalter der Eisenbahn: Der Anfang der Neubaustrecke und zugleich Hochgeschwindigkeitsstrecke von Hannover nach Würzburg.

Ein Streckenabschnitt von über dreihundert Kilometern, der noch höhere Geschwindigkeiten zuließ, als sie vom entführten ICE bisher vorschriftswidrig gefahren wurden...

Wie einem inneren Befehl gehorchend, setzten die drei Beobachter am Panoramafenster der Leitzentrale ihre Ferngläser ab, da der Bavaria-Express in unmittelbarer Nähe an ihnen vorbeifuhr. Dies veranlasste auch den Rest der Mitarbeiter, die Vorbeifahrt gebannt zu verfolgen. Ein Schauspiel, das noch nicht einmal zehn Sekunden andauerte. Ihnen war klar, dass sie Zeuge eines spektakulären, beispiellosen Ereignisses wurden, das in die Geschichte der Eisenbahn und natürlich der Kriminalgeschichte der Bundesrepublik Deutschland eingehen sollte.

Als der ICE den Kilometer Null erreichte, blieben die elektronischen Anzeigeeinrichtungen nur scheinbar für den Bruchteil einer Sekunde stehen. Sie begannen daraufhin sowohl mit einer neuen Wegstrecken- als auch Zeitberechnung für den aus dem Hauptbahnhof Hannover ausfahrenden Bavaria-Express. Er entfernte sich mit einer Geschwindigkeit von genau 180 Stundenkilometern aus dem Bahnhofsbereich. Die Mitarbeiter der Leitzentrale verfolgten ihn so lange, bis sie auch das Verschwinden des letzten Wagens noch registrierten. Sie hatten dabei nicht einmal bemerkt, dass der ICE von einem Helikopter verfolgt wurde.

Was zurückblieb, nachdem der entführte ICE 4100 durch den Hauptbahnhof Hannover gerast war, war nichts anderes als ein einziges Chaos.

Und dies in jeglicher Hinsicht. Die Bahnbetriebsleitung schätzte vorsichtig, dass es mindestens 24 Stunden dauern würde, bis sämtliche Personen-, Güter- und Sonderzüge wieder planmäßig fahren würden. Abgesehen von den mehreren Tausend Reisenden, die sich vor dem Bahnhofsgebäude angesammelt hatten, verursachte die Entführung noch eine Reihe weiterer Probleme.

Es waren solche direkt im Schienennetz, in den technischen Einrichtungen und dem organisatorischen Ablauf. Welche materiellen Schäden durch die Überbeanspruchungen an den Gleisanlagen und Oberleitungen verursacht worden waren, konnte zum jetzigen Zeitpunkt nicht einmal ansatzweise abgeschätzt werden.

Ob und wann der reguläre Betrieb auf dieser Strecke wieder aufgenommen werden konnte, vermochte niemand zu sagen. Überschaubar war auch noch nicht das Ausmaß der vom ICE hervorgerufenen mechanischen Überbeanspruchungen und deren Auswirkungen.

Die Leitung der Betriebszentrale bezeichnete die Sorge um die nun zweifellos herabgesetzte Sicherheit des Streckenabschnittes bis zum Hauptbahnhof Hannover als besonders ernst. Schließlich war sie für das einwandfreie Funktionieren sämtlicher Sicherheitseinrichtungen entlang der Ausbaustrecke zwischen den beiden Großstädten Hamburg und Hannover verantwortlich. Als leitender Beamte hatte Baumann keine beneidenswerte Aufgabe vor sich. Er ließ daher auch keine unnötige Zeit verstreichen. Gemeinsam mit seinen Mitarbeitern verschaffte er sich zunächst einmal einen Überblick über die Folgeschäden, soweit dies überhaupt möglich war.

»Verbinden Sie mich sofort mit der Hauptbetriebszentrale Frankfurt/Main, und zwar mit dem diensthabenden Chefoperator«, wies Baumann einen seiner Mitarbeiter an.

Von nun an konzentrierte sich Baumann nur noch auf seinen direkten Verantwortungsbereich. Im Vordergrund stand für ihn einzig und allein die Aufgabe, wieder für einen reibungslosen Betriebsablauf zu sorgen und dafür, dass die Sicherheitsstandards wiederhergestellt wurden. Ihn interessierte jetzt weder, über welchen Streckenabschnitt der ICE 4100 gerade fuhr, noch seine derzeitige Geschwindigkeit. Baumann hatte in seinem Abschnitt so schnell wie möglich für Normalität und Ordnung zu sorgen.

Ohne die Unterstützung seiner Frankfurter Kollegen war dies jedoch nahezu unmöglich. Nur mit deren Hilfe konnten die EDV-Systeme reaktiviert werden, die im Großraum Hannover für die Koordination sämtlicher Zugbewegungen verantwortlich waren. Und schließlich hatten sie wesentlich dazu beigetragen, noch größeres Chaos zu vermeiden.

Inmitten dieser Aktivitäten der Leitzentrale Hannover erreichte Baumann eine Mitteilung mit folgendem Wortlaut:

»Der entführte Bavaria-Express ist seit 9.05 Uhr im Verantwortungsbereich der Hauptzentrale der Deutschen Bahn AG Frankfurt/Main. Notwendige Maßnahmen, die geeignet sind, in den Geschehensablauf einzugreifen, werden derzeit zentral koordiniert von der Verhandlungsgruppe des Bundeskriminalamtes Wiesbaden mit Unterstützung der jeweiligen zuständigen Landeskriminalämter in Frankfurt/Main. Des weiteren sind in diese Maßnahmen Spezialeinsatzkommandos von Polizei und Bundesgrenzschutz einbezogen. Über den weiteren Verlauf der Entführung werden wir gegebenenfalls fernschriftlich unterrichten. BKA Wiesbaden Abteilung TP Kriminaloberrat Petersen.«

Baumann hielt diese Mitteilung noch einige Zeit lang in seinen Händen. Die Entführung des ICE schien demnach doch größere Probleme zu bereiten, als zunächst angenommen.

Der Bavaria-Express raste wie ein gejagter Hund mit inzwischen 185 Stundenkilometern auf der Neubaustrecke in Richtung Hildesheim-Göttingen – einem Jahrhundertbauwerk der Bahn – das erst 1991 für den Personenfernverkehr freigegeben wurde und für Geschwindigkeiten von bis zu 300 Stundenkilometern konzipiert war. Nur speziell ausgebildete Triebwagenführer wie Kronberger, hatten die erforderliche Lizenz, mit derart hohen Geschwindigkeiten Reisende zu befördern.

Kronberger hatte nie großartig darüber nachgedacht, was für Fahrgäste ihm zu Hunderten zeitungslesend, diskutierend, vor sich hindösend oder sich über den Kopfhörer das neueste Rundfunk-Bordprogramm anhörend, im Rücken saßen. Dazu hatte er, weiß Gott, wichtigere Dinge zu tun.

Das ständige Überwachen der technischen Daten beschäftigte ihn genug. Mal musste er die Bremskräfte der vier unabhängigen Bremssysteme dieser Zuggeneration überprüfen.

Mal galt seine ungeteilte Aufmerksamkeit den sich ständig ändernden Baustellen-Vorwarneinrichtungen, die auf einem kleinen Display bereits zehn Kilometer im voraus eine Betriebsbaustelle ankündigten, und zwar mit allen Daten, die ein Triebwagenführer benötigte.

So wusste Kronberger sofort, wie viele so genannte »Rottenarbeiter« an welchem Streckenabschnitt arbeiteten, und ob eine Vorwarnung über das Herannahen seines Zuges die Arbeiter erreicht hatte oder nicht. Notfalls konnte er dann noch rechtzeitig vor der Baustelle den Zug zum Halten bringen. Schon unter normalen Umständen forderte dieser Arbeitsplatz vom Triebwagenführer höchste Konzentration und Aufmerksamkeit. Diese normalen Umstände waren jedoch schlagartig mit dem Erscheinen des Entführers durch außergewöhnliche, wenn nicht gar lebensbedrohende Ereignisse abgelöst worden.

So hatte sich Kronberger seit Beginn der Entführung weder um die Anzahl, noch um den Standort der zu erwartenden Gleisbaustellen informiert. Kronberger hatte notgedrungen auch die Überwachung der Bremssysteme und der internen Rechneranlagen - sozusagen das Gehirn dieses Superzuges - vollständig vernachlässigt. Von anderen Kontrollaufgaben, die er sporadisch während der Fahrt erledigen musste, einmal ganz abgesehen.

Wäre Kronberger während seiner Ausbildung im Fahrsimulator auch nur wenige Augenblicke so unaufmerksam gewesen, wie es seit Beginn der Entführung der Fall gewesen war, hätte ihn der Ausbilder sofort aus dem Führerstand verwiesen.

Aber hier war die Anwesenheit dieser unerwünschten Person dafür verantwortlich. Sie lähmte Kronbergers Gedanken und machte ihn zu einem Werkzeug und Spielball dieses Mannes. Er war dem Entführer vollkommen ausgeliefert. Die Vorstellung, vielleicht nur noch wenige Augenblicke am Leben zu sein oder von einem Projektil aus der permanent auf ihn gerichteten Waffe verletzt zu werden, hämmerte in Kronbergers Kopf.

Längere Zeit hatte der Entführer kaum einen Ton von sich gegeben. Dies schaffte eine Atmosphäre der Distanz und Unsicherheit, die zur Unberechenbarkeit des Entführers noch hinzukam. Kronberger hatte einfach nicht die Kraft und den Mut, ein Gespräch zu beginnen, um auf den Entführer einzuwirken und ihn vielleicht von seinem Vorhaben abzubringen.

Doch was war eigentlich seine wirkliche Absicht, fragte sich Kronberger die ganze Zeit. Bis wohin sollte überhaupt diese Reise gehen, die so alltäglich und gewöhnlich wie jede andere planmäßige Reise begonnen hatte?

Und hatte der Entführer denn überhaupt keine Skrupel, wenn er so viele Menschenleben in Gefahr brachte? Kronberger vermutete, dass die

Antworten auf diese Fragen vielleicht noch nicht einmal der Entführer selbst wusste. Nur eines schien sicher zu sein: Nicht nur für jene, die sich im Bavaria-Express ICE 4100 befanden, sollte dieser 28. Juli noch ein ganz besonderer Tag werden...

Beier war erleichtert, als sie nun auf einer schmalen, geteerten Straße eine Anhöhe hinauffuhren.

»So, hier ist Endstation. Den Rest geht's zu Fuß weiter«, dirigierte Klasen, als er den VW-Bus mit abgeschaltetem Motor in einem Stichweg ausrollen ließ.

»Hier ist doch keine Spur von Eisenbahn zu sehen«, bemerkte Beier etwas gelangweilt.

»Noch nicht«, erwiderte Klasen, der hastig aus dem Fahrzeug stieg, während sein Kollege noch nicht einmal den Sicherheitsgurt gelöst hatte.

»Gleich wirst Du die neueste Errungenschaft der Bahntechnik bestaunen können, die ganz unscheinbar versteckt unter dem Hildesheimer Wald hindurchführt. Und das mit mehr als fünf Kilometern Tunneldurchfahrten.«

Klasen führte Beier einen circa 15 Meter hohen Erdwall hinauf und präsentierte ihm scherzhaft mit französischem Akzent, was Beier an diesem Ort einfach nicht anzutreffen glaubte.

»Voilà, Monsieur Thomas Beier. Da ist sie! Die Neubaustrecke Hannover-Würzburg. Oder zumindest ein kleiner Teil von ihr.«

Beier kannte dieses Projekt nur vom Fernsehen her, denn bisher hatte er sich mit der Bahntechnik nicht näher befasst. Aber der eigentliche Grund war, dass es ihn nicht besonders interessierte. Einen gewissen Respekt konnte aber auch er beim Anblick der vor ihm liegenden Bahnanlagen nicht ganz leugnen.

Es machte schon einen gewissen Eindruck auf ihn, so mitten im Walde eine derartige High-Tech-Anlage vorzufinden. Klasen nahm währenddessen seine Kamera aus der Tasche, setzte ein größeres Objektiv auf und stieg eilig den Erdwall hinunter. Direkt zu einer Tunnelausfahrt.

»Hier muss er vorbei! Es sei denn, die haben den Idioten schon in Hannover aus dem Zug geworfen«, überlegte Klasen laut.

Er kümmerte sich nicht weiter um Beier.

Noch immer stand er auf dem Erdwall und bewunderte die Aussicht auf die Bahnanlagen. Er genoss dabei die ungewöhnliche Ruhe, die diesen Ort umgab. Für einen Augenblick kein Telefon, kein Stress, keine Termine und Interviews. Niemand, dem man Fragen stellen musste, den man zu kritisieren hatte oder für den man sich irgendwie engagieren musste. So ein kleiner Ausflug ins Grüne ist doch auch einmal etwas Herrliches, stellte er fest. Beier setzte sich einen Moment und empfand diesen einmaligen Anblick einer scheinbar unberührten Natur rechts und links der Bahnanlagen als eine Art Kurzurlaub.

Er schaute nur nebenbei zu, wie Klasen die Kamera auf einem Stativ positionierte. Dazu hatte er sich dicht neben dem Gleis auf einer Betonmauer eine günstige Position für seine Aufnahmen gesucht. Sie befand sich direkt am Tunnelausgang.

Doch schon wenige Augenblicke später wurde die nahezu unheimlich anmutende Ruhe an diesem Ort durch ein ständig lauterwerdendes Geräusch zerrissen. Anfangs war es so eine Art Brummen und Vibrieren von Luftmassen. Beier konnte jedoch nicht die Richtung feststellen, aus der dieses eigenartige Geräusch kam, das zudem von einem starken Motorengedröhne zunehmend überlagert wurde.

Und plötzlich, wie aus dem Nichts, schoss ein ICE aus der Tunnelausfahrt heraus. Und wenige Sekunden später verschwand er bereits wieder in der nächsten Tunneleinfahrt. Beier hatte den ICE noch nicht einmal in seiner vollen Länge gesehen. Einen kurzen Augenblick später raste über den Baumwipfeln ein Helikopter hinweg, der den Lärmpegel kurzzeitig fast unerträglich werden ließ.

Beier hielt sich reflexartig die Ohren zu. Für einen Moment dachte er, sein Trommelfell würde platzen. Er zweifelte nun keinen Augenblick mehr daran, dass es sich soeben um den entführten ICE 4100 gehandelt hatte.

Als Beier in Richtung seines Kollegen schaute, sah er, wie Klasen einige Meter weiter regungslos und blutüberströmt am unteren Sockel der Betonmauer lag. Im ersten Moment erinnerte ihn dieser Anblick an eine Fliege, die gegen die Windschutzscheibe eines Autos geflogen war und sich nun nicht mehr von der Stelle rührte.

Beier war augenblicklich klar, dass Klasen durch die enorme Druckwelle des dicht an ihm vorbeifahrenden Zuges von der Mauer geschleudert worden sein musste. Er stand noch immer auf dem Erdwall und überlegte einen kurzen Augenblick, ob er zu seinem schwerverletzten Kollegen eilen sollte. Ihm blieb schließlich nichts anderes übrig, denn Klasen hatte die

Autoschlüssel bei sich, die Beier so schnell wie möglich benötigte, um Hilfe herbeizuholen. Hoffentlich wird sie noch rechtzeitig eintreffen, dachte Beier, als er Hals über Kopf den Erdwall hinunterlief.

Die Nachricht von der Entführung des ICE 4100 erreichte gegen 8.20 Uhr die Hauptleitzentrale der Deutschen Bahn AG in Frankfurt am Main. Und wenige Minuten später setzten Bahnbeamte die Abteilung III/TP, Terrorismus und politische Straftaten, des Bundeskriminalamtes hiervon in Kenntnis.

Die Hauptleitzentrale der Deutschen Bahn AG in Frankfurt am Main ist der Ort, an dem sämtliche Informationen über die Fernreisezüge sowie Gütertransporte zusammenlaufen. Sie werden in großen EDV-Anlagen verarbeitet und gewährleisten somit einen störungsfreien Zugverkehr auf einem Schienennetz, das mehr als 1500 Kilometer umfasst. Größeren Bahnböfen wird ein bestimmter Streckenabschnitt in eigener Verantwortung zugewiesen, der durch eine Leitzentrale ständig überwacht werden kann. Die Hauptleitzentrale hat damit den Überblick über die Gesamtheit aller Züge im Fernverkehr, die gerade in Bewegung bzw. unterwegs sind . Jeder x-beliebige Zug mit seinen dazugehörigen Daten, wie dem genauen Standort, seiner Reisegeschwindigkeit, planmäßigen Ankunftszeiten, Verspätungen und weitere Informationen können hier abgerufen werden.

Der ICE 4100 wurde als eine von vielen Zugbewegungen im norddeutschen Streckennetz lokalisiert und zur weiteren Beobachtung auf einen Sonderplatz geschaltet. Die Mitarbeiter der Hauptleitzentrale, die sogenannten Zug-Operatoren, waren dadurch in der Lage, den Bavaria-Express für sich allein zu betrachten, also aus dem komplexen System isoliert. So hatten sie die Möglichkeit, innerhalb kürzester Zeit auf Besonderheiten und Unregelmäßigkeiten zu reagieren.

Als die Zug-Operatoren die Daten des ICE erstmals überprüften, befand er sich circa sieben Kilometer vom Bahnhof Uelzen entfernt. Seine Geschwindigkeit betrug genau 185 Stundenkilometer. Nichts deutete zunächst darauf hin, dass er zu diesem Zeitpunkt bereits entführt worden war. Nichts war auffällig - bis auf ein Lämpchen am linken Monitorrand, das schon einige Zeit konstant blinkte. Und dieses Blinken zeigte dem Zug-Operator an: ICE Laufnummer 4100 mit 25 km/h über Sollgeschwindigkeit!

Als gegen 8.25 Uhr das Bundeskriminalamt in Wiesbaden von der Entführung Kenntnis erhielt, wurde sofort ein Plan festgelegt, was zu tun sei. Zunächst waren Mitarbeiter der Abteilung III/TP damit beschäftigt, sämtliche Informationen über den entführten ICE in einer elektronischen Datenbank aufzunehmen. Dazu zählten unter anderem die Anzahl der Reisenden, Fahrzeiten und Zielbahnhöfe, außerdem der genaue Verlauf der Fahrtstrecke. Diese Angaben wurden nach kriminalistischen Aspekten gesichtet und in einen logischen Zusammenhang gebracht.

Ein weiterer Schwerpunkt der Informationsverarbeitung betraf den Täter. Hierbei stand der zeitliche Ablauf der Entführung im Vordergrund. Von großer Wichtigkeit waren weitere Details über den Aufenthalt der Täter oder des Täters und Art und Umfang verwendeter Waffen, aber auch die Anzahl unmittelbar bedrohter oder bereits verletzter Personen.

Die so gesammelten Informationen wurden einer ersten Auswertung unterzogen und anschließend beurteilt. Die bis dahin erlangten Erkenntnisse leiteten die Mitarbeiter der Abteilung III/TP dann an das Fachpersonal des Bundeskriminalamtes und andere polizeiliche Dienststellen weiter, deren Aufgabe es war, für die Umsetzung von Folgemaßnahmen zu sorgen. Dies sollte in einem Krisenstab geschehen, den man unter dem Codewort *ICE 4100* installierte.

Er sollte schon wenig später in der Leitzentrale des Würzburger Hauptbahnhofs seine Arbeit aufnehmen. Über das Personalinformationssystem des Bundeskriminalamtes wurden entsprechende Mitarbeiter nach Würzburg beordert, wo sie durch das dortige Landeskriminalamt unterstützt wurden.

Als Leiter des Krisenstabes wurde Kriminaldirektor Frey vom Bundeskriminalamt beauftragt. Er befand sich zu diesem Zeitpunkt im Frankfurter Kongresszentrum als Hauptredner auf einem Symposium. Sein Thema lautete: *Organisierte Kriminalität, eine Bedrohung für den Rechtsstaat?*

Die Entführung des ICE entwickelte sich somit innerhalb kürzester Zeit zu einem umfangreichen Kriminalfall. Schließlich mobilisierte er Personal und Sachmittel in einem Umfange, wie es seit langem weder das Bundeskriminalamt noch andere beteiligte Behörden erlebt hatten.

Kriminaldirektor Frey traf in seinem Hotelzimmer letzte Vorbereitungen für seinen Vortrag. Im Frankfurter Kongress-Zentrum warteten mehr als 250 Kriminalbeamte gespannt auf seinen Auftritt. Sie waren aus einem halben Dutzend Länder der Europäischen Union zu dem Symposium an die Main-Metropole gereist.

Frey schaute aus dem Hotelzimmer auf eine belebte Hauptverkehrsstraße. Sie war zu dieser Stunde schon so stark befahren, dass sich vor den Ampeln längere Staus bildeten. Der Kampf hatte also schon wieder begonnen, philosophierte Frey. Jeder, der diese Straße entlang fährt, jagt irgendeinem Ziel, einer Verpflichtung, vielleicht aber auch nur einer Vorstellung oder einer Illusion nach, von der er sich das große Glück erhofft. Er wandte sich vom Anblick dieser hektischen Betriebsamkeit ab und betrachtete gedankenverloren die Einrichtung des Hotelzimmers.

Irgendwie fühlte er sich an diesem Morgen allein. In letzter Zeit merkte er, dass ihn die ständigen Dienstreisen zu einem rastlosen und zunehmend unruhigeren Menschen werden ließen. Frey begann darüber nachzudenken, wie oft er wohl schon in den letzten Jahren in Hotels übernachtet hatte, und wie viele Wochen und Monate dies zusammengerechnet ergab. Er musste feststellen, dass jedes Hotel seine ganz individuelle Ausstrahlung auf ihn ausübte. So auch dieses, in dem er nun schon den dritten Tag wohnte und das ihm trotz des Alleinseins bereits eine Art Zuhause geworden war. Schließlich brauchte er hier auf fast nichts zu verzichten. Der Farbfernseher und eine Stereoanlage gehörten ebenso zum Mobiliar wie ein Zimmertelefon. Und der Zimmerservice im Hotel war nicht nur tadellos, sondern auch außerordentlich nett.

Als er dann über seine berufliche Karriere sinnierte, verspürte er schon eine gewisse innere Zufriedenheit. Sie stärkte sein Selbstbewusstsein und gab ihm die Kraft für neue Ideen und Aktivitäten. Sobald er auf Dienstreise war und sein Hotelzimmer erreichte, vergaß er Haus und Familie. Er befand sich dann sozusagen in einer anderen Welt. Wie sehr ihm jedoch während dieser Zeit seine Frau Isabell und seine beiden Töchter Tabea und Beatrice fehlten, hatte er anderen nie eingestanden. Er hatte sich selbst stets mit dem abgegriffenen Satz beschwichtigt, dass es eben das gibt, was man will und das, was man muss. Aber im Grunde genommen machte er sich ständig etwas vor. Das wusste er ganz genau. Zwar würde seine Familie sich auch diesmal mit seiner Abwesenheit abfinden. Schließlich kannte sie es nicht anders, wenn er morgens nicht am Frühstückstisch erschien. Aber viel lieber wäre er jetzt zu Hause gewesen. Mit einem Blick auf die Uhr beendete Frey seine Träumerei.

Er stand inmitten des Hotelzimmers und hielt sein Manuskript noch immer in den Händen. Frey ließ seinen Vortrag erneut vor dem geistigen Auge Revue passieren, wie er es stets gewohnt war, letzte Vorbereitungen für einen Auftritt vor einem größeren Publikum zu treffen und damit dem Lampenfieber entgegen zu treten.

In knapp 15 Minuten würde es damit vorbei sein, dachte er. Dann würde er sein Publikum über neue Erkenntnisse und Methoden im Aufspüren von kriminellen Geldtransaktionen informieren. Und wenn er diesen Teil des Auftritts gut hinter sich gebracht hatte, würde für ihn erst die eigentliche Arbeit beginnen. Die sich anschließende Diskussion und Fragestunde forderten dann all sein Wissen und Erfahrungen auf diesem Gebiet. Es war eine der vielen Kompetenzen, die er sich in Fortbildungsseminaren, an Fachhochschulen und Universitäten im In- und Ausland während der vergangenen zwanzig Berufsjahre angeeignet hatte.

Frey sortierte seine Gedanken, die wichtigsten Themen und Stichworte, die ihm den roten Faden für seinen mehr als einstündigen Vortrag liefern sollten. Ein kurzer Blick auf die Uhr verriet ihm, dass es nun langsam Zeit wurde, sich auf den Weg zum Kongresssaal zu begeben. Noch einmal vergewisserte er sich im Spiegel des korrekten Sitzes seiner Kleidung.

Gerade wollte er die Klinke der Hotelzimmertür niederdrücken, als ein alles durchdringendes Läuten des Telefons plötzlich die angenehme Ruhe unterbrach. Und wie sich herausstellte, war es ein Anruf, der den Rest des Tages gründlich durcheinander bringen sollte.

Frey überlegte einen Augenblick, wer ihn wohl zu dieser Zeit anrufen könnte. Wer wusste außer seiner Familie und seiner Dienststelle, dass er in diesem Hotel anzutreffen war?

Vielleicht war etwas mit den Kindern passiert? Ein Unfall? Oder hatte sich jemand nur verwählt? Als Frey zum Telefon ging, verspürte er ein stärker werdendes Gefühl der Neugierde, zugleich war er auch beunruhigt.

Mit einer kurzen Handbewegung griff er zum Hörer und hob ihn ab, noch bevor es ein weiteres Mal zu klingeln begann.

»Zimmer 140, Frey!«

»Na endlich, wo bleiben Sie denn, Kollege Frey?«, klang es etwas vorwurfsvoll aus dem Hörer. »Hier ist Petersen vom Bundeskriminalamt, Abteilung Terrorismus / politische Straftaten. Ich versuche Sie schon seit einer halben Stunde in Ihrem Hotel zu erreichen«.

Ohne dass er überhaupt eine Chance hatte, den Anrufer aufzufordern, sich doch später wieder zu melden, sprach der BKA-Beamte weiter und trug sein Anliegen vor.

»Kollege Frey, wir haben vor circa einer Stunde von der Entführung eines ICE Kenntnis erhalten. Demnach soll es sich nach ersten Informationen um einen Einzeltäter handeln, der den Zugführer seit der Abfahrt aus dem Hamburger Hauptbahnhof mit einer Waffe bedroht. Das ist aber noch nicht alles«, fügte der Beamte am anderen Ende hinzu, nachdem er hörbar nach Luft geschnappt hatte, um sein Redetempo noch erhöhen zu können.

»Der Täter soll gedroht haben, den ICE in die Luft zu sprengen. Forderungen und Absichten anderer Art sind uns bis jetzt nicht bekannt geworden«.

Aus der Aufregung des Anrufers konnte Frey auf den Ernst der Lage schließen; die Angelegenheit schien sich bereits zu einem äußerst dramatischen Wettlauf mit der Zeit entwickelt zu haben. Seine langjährige Berufserfahrung gab ihm für derartige Situationen ein Gespür. Hier war schnelles Handeln und kluges Kombinieren gefragt. Schließlich lag eine Entführung in Verbindung mit einer Bombendrohung vor.

»Und was ist von der Koordinations- und Einsatzzentrale des BKA bisher entschieden worden?«, hakte Frey nach. Der Anrufer gab seine Anweisungen ohne Umschweife im Befehlston, was Frey so nicht akzeptieren wollte.

»Sie, Kollege Frey, und weitere fünf Kollegen haben diesen Entführungsfall nach Rücksprache mit dem Bundesinnenministerium übertragen bekommen. Daher möchte ich Sie bitten, dass Sie sich unverzüglich mit der Leitzentrale des Würzburger Hauptbahnhofs in Verbindung setzen. Dort werden Sie bereits vom Leiter dieser Dienststelle erwartet. Weitere Einzelheiten zum aktuellen Stand der Entführung erhalten Sie dort.«

Noch bevor Frey einwenden konnte, dass er eigentlich in wenigen Minuten einen Vortrag halten musste, hatte der Anrufer schon aufgelegt. Frey informierte daraufhin seine Kollegen von diesem außerplanmäßigen Einsatz. Bereits wenige Minuten später befanden sie sich auf dem Weg zum

Würzburger Hauptbahnhof, um sich in der dortigen Leitzentrale über den aktuellen Stand der Entführung des ICE 4100 unterrichten zu lassen.

Wenn beim Bundeskriminalamt die Abteilung III/TP gefordert war, so stand dahinter für alle Insider dieser Bundesbehörde ein ganz bestimmter Name: Claudia Berghoff-Rietmüller.

Seit sieben Jahren war sie stellvertretende Leiterin der Abteilung III/TP Psychologische Kriminalitätsbekämpfung und Krisenmanagement. Eine besonders erfahrene und zugleich vielgeschätzte Persönlichkeit, die schon oft ihr fachliches Können in Krisensituationen erfolgreich unter Beweis gestellt hatte, zum Beispiel bei Geiselnahmen oder Banküberfällen. Und sie war nicht selten dann erfolgreich gewesen, wenn ihre Kollegen schon glaubten, am Ende ihres Lateins angelangt zu sein. Und genau in dieser Situation lief Claudia Berghoff-Rietmüller, 42 Jahre alt, Diplom-Psychologin und Nervenärztin, zu Hochform auf.

So verhinderte sie unter anderem, dass ein Lebensmüder den letzten Schritt über das Geländer der 120 Meter hohen Maintalbrücke tat. Oder sie brachte einen anderen Selbstmordkandidaten in einem suggestiven Gespräch, das eine halbe Stunde dauerte, dazu, seine Absicht noch einmal zu überdenken. Er könne doch versuchen, sein verpatztes Examen ein Jahr später nachzuholen. Ihren spektakulärster Einsatz hatte sie jedoch ausgerechnet im Kollegenkreis. Im letzten Augenblick hatte sie verhindern können, dass sich ein Verkehrspolizist, der von seiner Ehefrau verlassen worden war, mit seiner Dienstpistole in den Mund schoss.

Die Liste der erfolgreich verlaufenen psychologischen Einsätze der »Psychokoryphäe«, wie sie oft scherzhaft unter Kolleginnen und Kollegen genannt wurde, hätte sich noch fortsetzen lassen. In einem Interview hatte die Diplom-Psychologin des Bundeskriminalamtes einmal erklärt:

»Die hoffnungslosen Fälle, in denen der Klient wirklich schon mit seinem Leben abgeschlossen hatte und sich um nichts auf der Welt von seinem Vorhaben abbringen lassen wollte, waren weniger, als man an den Fingern einer Hand abzählen kann. Nur jemand, der innerlich wirklich bereit ist zu sterben, der sich bereits mit seiner gesamten Persönlichkeit vom näheren Umfeld entfernt und sich nahezu vollständig isoliert hat, ist in seiner Selbstmordabsicht nicht mehr aufzuhalten. Wenn jemand so entschlossen ist, haben selbst die besten Psychologen keine Chance mehr, ihn umzustimmen.«

Zu welchem Typ der Entführer des ICE 4100 zu zählen war, wusste Claudia Berghoff-Rietmüller noch nicht so genau. Für sie stand nicht mit letzter Sicherheit fest, ob sie es eher mit einem Lebensmüden mit relativ hohen Überlebenschancen zu tun hatte, oder aber mit einem Menschen, der zu fast allem entschlossen war und einen harten, aber dennoch zu knackenden inneren Kern hatte. Und schließlich war es denkbar, dass sie es mit einem sehr seltenen, doch umso gefährlicheren Tätertyp zu tun hatte: dem Kamikaze-Typ.

Nach ihrem ersten Eindruck schien ihr der Entführer recht harmlos zu sein. Doch ihr war auch bewusst: »Er ist möglicherweise von einer Sekunde auf die andere bereit, Menschenleben wahllos auszulöschen, und bringt sich danach selbst um«.

Claudia Berghoff-Rietmüller hatte alle Informationen, die ihr zur Person des Entführers vorlagen, sorgfältigst und kritisch analysiert. Sie hatte daraufhin ein präzises Bild vom vermeintlichen Täter angefertigt. Im Jargon der Kriminalpsychologen bezeichnete man soetwas auch als ein Psychogramm des Täters. Nach ihrer ersten vorsichtigen Einschätzung handelte es sich bei dem Entführer mit hoher Wahrscheinlichkeit um eine Person, die sehr viel Zeit in die Planung ihrer Tat - die Entführung eines ICE - investiert haben musste. Dies wiederum ließ die Vermutung zu, dass sich der Täter bereits in einem hohen Maße mit seiner Tat identifiziert hatte.

Dass sich gerade dies ungemein erschwerend auswirken konnte, wenn man auf diesen Typ Täter psychologisch Einfluss nehmen wollte, das hatte die Psychologin von Einsätzen aus der Vergangenheit noch recht gut in Erinnerung.

Nachdem sie ihre Vorbereitungen für eine erste Kontaktaufnahme mit dem Entführer abgeschlossen hatte, begab sie sich eilig zu einem vereinbarten Statement-Termin. Dort wollte sie einem ausgewählten Zuhörerkreis von Mitarbeitern des Krisenstabes das aus psychologischer Sicht entstandene Persönlichkeitsprofil des Täters erläutern.

Zu diesem Zeitpunkt befand sich der entführte ICE circa vierzig Kilometer vor Göttingen und hatte wieder einmal seine Geschwindigkeit bedrohlich erhöht. Sie betrug genau 195 Kilometer pro Stunde und lag 25 Prozent über der vorgeschriebenen Sollgeschwindigkeit für diesen Streckenabschnitt.

Kriminaldirektor Frey benötigte mit seinen Mitarbeitern vom Kongresszentrum in Frankfurt bis zur Leitzentrale nahe des Würzburger Hauptbahnhofs genau achtundvierzig Minuten. Er konnte sich nicht daran erinnern jemals in so kurzer Zeit zu einem fast hundert Kilometer entfernten Einsatzort gefahren worden zu sein.

In der Leitzentrale eingetroffen, wurden sie unmittelbar über den aktuellen Stand der Entführung ins Bild gesetzt. Der Krisenstab *ICE 4100* bestand zu diesem Zeitpunkt aus insgesamt 25 Mitarbeitern und hatte seine Arbeit bereits aufgenommen.

Frey befand sich in der Leitzentrale vor einem elektronischen Anzeigetableau. Auf ihm bewegten sich rote, gelbe und weiße Lämpchen fort. Frey verfolgte unbewusst die Spur eines weißen Lämpchens, das plötzlich aufhörte, sich fortzubewegen. Wenige Augenblicke später näherte sich diesem ein rotes Lämpchen, das seinen Weg zu kreuzen schien.

Dieses optische Schauspiel signalisierte die Positionen und Arten der Schienenfahrzeuge in einem Abschnitt von knapp 500 Kilometern Schienenweg, der zum Einzugsbereich Würzburg gehörte. Auch hier konnte zu jeder Zeit festgestellt werden, ob sich jeder Zug an den Fahrweg hielt, der ihm zuvor einprogrammiert worden war oder anhand des Fahrplanes vorgeschrieben wurde.

Was für ein ausgeklügeltes System, dachte Frey, das in der Lage war, Weichen, Signale und sogar Geschwindigkeiten anhand von hochkomplizierten technischen Einrichtungen zu überwachen und dadurch für ein reibungsloses Zusammenspiel sorgte.

Sein Blick haftete noch immer wie magnetisch auf dem Anzeigetableau. Wer denkt sich so etwas nur aus, und wer kann sich bloß mit solchen komplizierten Mechanismen den ganzen Tag beschäftigen, fragte er sich.

Er hatte das Gefühl, immer weniger von diesen Zusammenhängen zu verstehen, auch wenn die Darstellung noch so eindrucksvoll war. Dieser Anblick machte ihm wieder einmal deutlich, dass er ein ausgesprochener Laie auf dem Gebiet der elektronischen Informationsverarbeitung war. Eine Tatsache, die ihn jedoch nicht wirklich beunruhigte.

Frey sah einen seiner Führungsgehilfen aus dem Nebenraum auf ihn zukommen. Als Verbindungsbeamter versorgte er Frey ständig mit aktuellen Neuigkeiten über den Entführungsfall, auch wenn sie nur annähernd von Bedeutung sein konnten.

»Hier haben wie den Dreckskerl, der uns diese Suppe eingelöffelt hat«, kommentierte der Beamte seine neuesten Informationen.

Er setzte sich neben Frey und las ihm stenogrammartig vor:

»Also, sein Name ist Alexander Fiedler, er ist 39 Jahre alt und wohnt in Hamburg-Stelle. Er war dort noch bis vor einigen Wochen als Diplom-Ingenieur in einer Vermessungsfirma tätig. Und jetzt kommt es besonders dicke«, fuhr er fort, wobei er seinen Tonfall nicht der steigenden Spannung anpasste.

»Dieser Fiedler hatte vor genau einem Jahr seine Ehefrau und seine achtjährige Tochter bei einem tragischen Unglücksfall in der Nähe seiner Firma verloren. Und raten Sie einmal, auf welche Art und Weise seine Familienangehörigen ums Leben gekommen sind?«

»Nun veranstalten Sie hier bloß kein Frage und Antwortspiel!«. Frey drückte seinem Gegenüber seine Unlust an solchen Spielchen unmissverständlich aus.

»Also, wie ist es passiert?«

Der Führungsgehilfe war über diese forsche Art irritiert und bemühte sich, die für ihn etwas peinlich anmutende Situation geschickt zu übergehen, indem er sofort korrekt Bericht erstattete.

»Die beiden sind von einem herannahenden ICE auf einem Bahnübergang erfasst und tödlich verletzt worden. Angeblich war an diesem tragischen Unglücksfall auch eine defekte Lichtzeichenanlage am Bahnübergang schuld gewesen, was jedoch nicht eindeutig nachgewiesen werden konnte. Fiedlers Klage gegen die Deutsche Bahn AG und die Herstellerfirma der Lichtzeichenanlage wurde in erster und zweiter Instanz abgewiesen.«

Der Führungsgehilfe vergaß sich einen Augenblick und platzte heraus: »Meinen Sie nicht auch, dass der eine Stinkwut im Bauche haben muss, wenn er einfach so zum Todestag seiner Familie einen Zug entführt und sich dann wie eine wildgewordene Sau aufführt?«

Frey machte sich einige Notizen.

»In welcher Verfassung sich der Täter befindet, wird uns die Psychologin am ehesten sagen können«, fegte Frey die letzte Äußerung des Führungsgehilfen vom Tisch, indem er ihm das Schriftstück aus der Hand nahm.

»Veranlassen Sie sofort, dass die Kollegen in Hamburg eine Hausdurchsuchung beim vermeintlichen Täter durchführen«, befahl er dem etwas beleidigt wirkenden Kollegen.

Frey ging darauf nicht weiter ein. Die unpassende Wortwahl hatte ihn merklich verärgert. Der Beamte notierte einige Anweisungen, um sie anschließend per Fax versenden zu lassen. Stichwortartig hielt er fest: Verständigen des Sondereinsatzkommandos Hamburg-Süd sowie des Landeskriminalamtes einschließlich Delaborierer und technischen Sachverständigen mit vorläufiger Stellungnahme, Vollzugsmeldung an Leitung Krisenstab *ICE 4100* zwecks Auswertung und Veranlassung weiterer Folgemaßnahmen.

»Und sorgen Sie dafür, dass uns bis spätestens 10.30 Uhr ein Bericht über das Ergebnis der Durchsuchungsaktion herübergefaxt wird«. Diese letzte Weisung gab Frey dem Führungsgehilfen mit auf den Weg.

Im Nebenraum befand sich ein provisorisch, aber dennoch vollständig eingerichtetes Kommunikationszentrum. Es war zuvor von Mitarbeitern des Bundeskriminalamtes und des Landeskriminalamtes Würzburg installiert worden. Hier wartete bereits ein Nachrichtentechniker auf den Text, den der Führungsgehilfe noch schnell mit entsprechenden Empfängeradressen versah. Nur wenige Augenblicke später wurde er versandt.

Eine erste, jedoch überaus wichtige Feststellung traf Frey bereits nach wenigen Minuten in der Leitzentrale: Die Zeit, die ihm zur Verfügung stand, war außerordentlich knapp. Dies spürte Frey auch daran, dass er sich schon jetzt von der allgemein ausbreitenden Hektik unter den Mitarbeitern des Krisenstabes anstecken ließ. Es war ein Umstand, den er bei sich normalerweise nicht kannte.

Ein Zeitvergleich ergab, dass es bereits 9.15 Uhr war. Frey wurde die präzise Uhrzeit durch einen Chronometer angezeigt. Es war die funkgesteuerte Normalzeit der Physikalisch-Technischen Bundesanstalt in Braunschweig, die er direkt auf sein Handgelenk gesendet bekam.

Die Mitarbeiter der Würzburger Leitzentrale hatten den Bavaria-Express seit mehr als einer Stunde und fünfzehn Minuten nicht einen Augenblick lang aus den Augen gelassen. Zumindest was die Informationen zu seiner aktuellen Position und der Reisegeschwindigkeit angingen. Das gleiche betraf natürlich auch die Zugdatentelegramme, die im Zehn-Minuten-Takt vom entführten ICE direkt in den zentralen Hauptrechner in Frankfurt am Main übermittelt wurden. Sie gelangten von dort unmittelbar weiter in die Leitzentrale nach Würzburg. Zwar gaben einige Daten Anlass zur Besorgnis. Aber die Leitstellentechniker waren der Auffassung, sie würden in ihrer Konsequenz noch keine ernste Bedrohung für die Passagiere des ICE darstellen. Die Techniker mussten es schließlich wissen, denn sie waren es gewohnt, mit einer Vielzahl von Zugbetriebsdaten umzugehen, die ihnen tagtäglich zur Begutachtung und Auswertung vorgelegt wurden.

»Was uns im Moment etwas Sorgen bereitet, ist die Betriebstemperatur des Kühlmediums eines Antriebaggregates. Seit etwa 45 Minuten ist sie erhöht. Es sieht fast so aus, als bekämen wir es hier mit einem Überlastungseffekt zu tun, der auf die warme Witterung zurückzuführen ist. Unter Normalbedingungen wäre die momentane Außentemperatur von mehr als 30 Grad Celsius im Schatten eigentlich kein Problem. Vermutlich tritt dieser Überlastungseffekt auf, weil die Hauptantriebsaggregate seit Beginn der Entführung anhaltend und unvermindert extrem belastet werden«, unterrichtete ein Leitstellentechniker des Krisenstabes über den technischen Zustand des entführten Hochgeschwindigkeitszuges.

»Wir hoffen jedoch, dass diese Werte spätestens dann wieder im Normbereich liegen werden, wenn der ICE in wenigen Minuten einen Streckenabschnitt befährt, der überwiegend in Tunnelbauten verläuft«, erläuterte er den aufmerksam zuhörenden Mitarbeitern des BKA und der Leitzentrale.

»Dort wird er Temperaturen ausgesetzt sein, die um gut 20 Grad niedriger sind, als sie zur Zeit auf der freien Strecke herrschen«. Diese Einschätzung stützte sich letztlich auf Prognosen und Erfahrungen von hochqualifizierten Bahntechnikern.

Für die Anwesenden erzeugten die Ausführungen den Eindruck, als hätte der entführte ICE die bisher außergewöhnlichen mechanischen wie auch elektrischen Belastungen einigermaßen unbeschadet überstanden. Aber es war jedoch keineswegs eine Garantie dafür, dass sich der Bavaria-Express auch in den nächsten Minuten weiterhin so zufriedenstellend verhalten würde.

Fast unbemerkt in der Hektik der Würzburger Leitzentrale tickerte nun schon seit über fünf Minuten eine Telexmaschine. Sie hatte ihren Platz etwas abseits von weiteren technischen Einrichtungen. Was dieses unscheinbare Gerät jedoch monoton mit einer Geschwindigkeit von ziemlich genau hundert Zeichen pro Minute auf das Papier druckte, schien auf den ersten Blick eine Routinemeldung zu sein, die zunächst keine große Aufmerksamkeit weckte.

Der Absender dieser Mitteilung bestand aus einer Zahlenkombination und einer Buchstabenfolge und war nur von Insidern zu identifizieren. Hinter der 28 07 94 0930 OFFM-DWD stand die Zentrale des Deutschen

Wetterdienstes in Offenbach. Alle zwei Stunden sandte sie die aktuellen Wetterdaten an fast alle öffentlichen Einrichtungen, Großbetriebe und weitere Interessenten, die mit dem Wetter in irgendeiner Weise etwas zu tun hatten. Inhaltlich unterschieden sich diese Meldungen in den letzten Tagen kaum voneinander. Weder die Tageshöchsttemperaturen, noch der Luftdruck oder gar die Windgeschwindigkeiten hatten sich nennenswert geändert. Die Meteorologen sprachen von einer außergewöhnlich stabilen Hochdruckwetterlage, die durch ein ortsfestes Hochdruckgebiet bestimmt wurde, dessen Kern über den nordöstlichen Landesteilen dieser Republik lag.

Nach Auskunft der Meteorologen sollte sich daran auch in den nächsten Tagen kaum etwas ändern. Die Hitze fing an, ihren Tribut zu fordern: Es gab erste Anzeichen dafür, dass Flussläufe austrocknen würden, und es drohte an vielen Stellen die Verkarstung des Ackerlandes. Ernteschäden in größerem Umfange waren bereits absehbar.

Doch diese letzte Wettermeldung, die mit einem 50 Millionen Mark teuren Großrechner des Offenbacher Meteorologie-Institutes erstellt worden war und nun auch die Leitzentrale in Würzburg erreichte, kündigte eine überraschende und zugleich gravierende Änderung der Großwetterlage an. Zumindest für den süddeutschen Raum bis einschließlich südlich der Mainlinie. Die über das ganze Land verteilten Messstationen meldeten im Bereich Baden Württemberg/Bayern einen außergewöhnlich starken Luftdruckabfall in der Atmosphäre, der mit einer auflebend südwestlichen Luftströmung einherging.

Eine sich zuvor im Mittelmeerraum gebildete Luftmassengrenze schob dabei eine Kaltfront vor sich her, die nun in Form einer Höhenströmung regelrecht auf den Süden Deutschlands prallte.

Bemerkbar sollte sich dieser Wetterumschwung durch plötzlich auftretende Windböen mit Orkanstärke machen, die von heftigen Gewittern begleitet werden würden.

Für die Landwirte bedeutete dies den langersehnten Regen. Aber zugleich mussten sie noch höhere Ernteeinbußen fürchten, wenn Ackerland weggeschwemmt und Anbauflächen vom Hagel vernichtet wurden. Baufirmen standen möglicherweise Großeinsätze ins Haus, wenn die Orkanböen Dächer abdeckten und ungesicherte Baukräne umstürzen ließen.

Meldungen dieser Art aus Offenbach fanden bei der Bahn stets aufmerksame Leser. In den letzten Jahren beobachtete man mit Sorge, dass durch derartige Unwetter, besonders in den südlichen Landesteilen, häufig die Gleise unterspült worden waren. Dadurch wurde der Zugverkehr erheblich beeinträchtigt und es kam zu stundenlangen Verspätungen und Umleitungen auf den Hauptstrecken.

Vieles deutete darauf hin, dass Unwetter wieder einmal unmittelbar bevorstanden. Bereits für die späten Vormittagsstunden dieses 28. Juli wurde vor einem Temperatursturz von 35 Grad auf unter 20 Grad gewarnt.

Zu diesem Zeitpunkt befand sich der entführte ICE noch etwa 400 Kilometer von der Wetterfront entfernt. Im Großraum München hatte sie mittlerweile Schäden in Millionenhöhe angerichtet. Wie eine Walze der Verwüstung breitete sich die Front mit einem Tempo von etwa dreißig Stundenkilometern in nördlicher Richtung aus.

Der Krisenstab in Würzburg nahm diese Wettermeldung ebenfalls mit Sorge auf. Schließlich näherte sich der Katastrophenzug dem Katastrophenwetter mit mehr als 180 Kilometern pro Stunde.

Kriminaldirektor Frey hatte sich kurzerhand entschlossen, eine erste Pressekonferenz zum aktuellen Stand der Entführung zu geben. Die ständigen Anrufe von Zeitungsredaktionen und Fernsehanstalten hatten ihn praktisch dazu gezwungen. Dem Umgang mit der Presse und insbesondere mit dem Fernsehen und den Vertretern der Schlagzeilenblätter hatte er noch nie etwas Positives abgewinnen können; er konnte für diese Leute und ihren Job keine große Sympathie aufbringen oder sich gar eine freundschaftliche Zusammenarbeit mit ihnen vorstellen.

Die Vergangenheit hatte auch ihn gelehrt, besonders sorgfältig und aufmerksam mit diesen wissensdurstigen und gelegentlich »sensationsgeilen Schreiberlingen« umzugehen, wie er sie abfällig titulierte. Frey hielt es daher für richtig, von sich aus eine erste Stellungnahme abzugeben.

Er war es, der über die aktuellsten Informationen verfügte. Und diese Informationen konnte er, natürlich gefiltert, weitergeben an die Journalisten und jene, die sich dafür hielten. So konnte er zumindest versuchen zu verhindern, dass die Spekulationen überhand nahmen. Und mit dieser Flucht nach vorn - dem Herausgeben von gezielten Informationen an die Öffentlichkeit - konnte er verhindern, dass sich einzelne schwarze Schafe unter den Fotoreportern und Journalisten Informationen zu erkaufen versuchten. Gerade bei spektakulären Ereignissen wie diesem war es immer wieder einmal vorgekommen, dass Medienvertreter bei Beamten, Staatsanwälten und Richtern den Versuch unternahmen, sie mit Geldbeträgen zu bestechen.

Frey hatte nicht grundsätzlich etwas gegen den Berufsstand als solchen und den freien Journalismus im Besonderen. Doch wenn es um die Weitergabe von Informationen an die Presse ging, neigte er dazu, allergisch zu reagieren. Und besonders sensibel reagierte er, wenn es darum ging, die Öffentlichkeit über etwas so Brisantes wie die Entführung des ICE 4100 zu informieren.

»Wir haben es hier schließlich mit mündigen Bürgern zu tun. Und diese bestehen mit Recht darauf, dass man sie ernst nimmt. Und dazu gehört es nun einmal, dass man ihnen grundsätzlich Informationen liefert, die der Wahrheit entsprechen«. Diese Position vertrat Frey seinen Mitarbeitern gegenüber.

»Die Pressevertreter sind bereits eingetroffen. Wir sollten sie nicht allzu lange warten lassen«, unterbrach ein Kollege den Kriminaldirektor. Frey hatte noch einmal die wenigen Informationen überflogen, die er bereit war, im augenblicklichem Stadium der Entführung an die Öffentlichkeit zu geben.

»Meine Damen und Herren. Ich möchte auf Grund der aktuellen Situation zur Entführung des ICE folgende Erklärung abgeben«, richtete sich Frey an die Pressevertreter.

»Heute morgen gegen 7.55 Uhr wurde der ICE Bavaria-Express mit der Laufnummer 4100 kurz nach Verlassen des Hauptbahnhofs Hamburg von einem Unbekannten in seine Gewalt gebracht. Er bedroht seitdem den Lokführer mit einer Schusswaffe. Über die genaue Identität des Täters liegen uns nur vage Informationen vor, die wir aus verständlichen Gründen beim derzeitigen Stand der Entführung nicht nennen können. Über die Motive des Täters kann ich mich zurzeit noch nicht äußern.

Bis jetzt hat der Täter noch keine konkreten Forderungen gestellt. Wir stehen mit dem Zugführer beziehungsweise dem Täter ständig in Verbindung. Trotzdem konnten wir bis jetzt noch keine konkreten Hinweise erlangen, die geeignet wären, die Entführung schnellstmöglich zu beenden.«

Frey hatte es bewusst vermieden, den versammelten Journalisten mitzuteilen, dass eine Bombendrohung die Situation zusätzlich verschärfte und dem Krisenstab erhebliche Probleme bereitete. Damit war klar, dass an eine vorzeitige Beendigung der Entführung zunächst einmal nicht zu denken war. Er hielt es zumindest zum gegenwärtigen Zeitpunkt für angemessen, auf Äußerungen über eine derartige Bedrohung zu verzichten und diese Informationen vorerst der Öffentlichkeit vorzuenthalten. Schließlich standen weitere Ergebnisse zu aktuellen Maßnahmen aus, und die erwartete er jeden Augenblick.

»Sie können jedoch sicher sein, dass mein Mitarbeiterstab alles nur Erdenkliche unternimmt, um das Leben der Geisel und der Reisenden des ICE nicht weiter zu gefährden. Im Vordergrund steht natürlich, für ein schnelles und vor allem unblutiges Ende dieser Entführung zu sorgen«.

Die Pressevertreter schrieben eifrig mit.

»Herr Kriminaldirektor, können Sie uns sagen, warum Sie den Zug nicht anhalten und durch ein Sondereinsatzkommando - von denen Sie doch genügend zur Verfügung haben - einfach stürmen lassen?«, rief sofort ein Journalist, noch bevor Frey ausreden konnte.

»Nun, das kann ich Ihnen sagen«, erwiderte Frey spontan, gerade so, als ob er auf diese Frage bereits gewartet hatte.

»Das Problem bei dieser Art von Entführung liegt unter anderem auch darin, dass sich der Tatort mit relativ hoher Geschwindigkeit fortbewegt. Es wäre daher in höchstem Maße unverantwortlich, den ICE einfach so auf der grünen Wiese zu stoppen. Wir riskieren mit einem solchen Vorgehen, dass der Täter seine Geiseln und womöglich noch weitere Personen verletzt oder gar tötet. Und abgesehen davon werden Sie niemanden finden, der die Verantwortung für eine derartige Aktion mit allen sich daraus möglicherweise ergebenden Konsequenzen übernimmt.«

»Und wie lange wollen Sie den Zug denn noch ungehindert fahren lassen? Oder haben Sie schon einen Plan in der Schublade, der genau vorgibt, wo die Fahrt des ICE zu Ende sein wird?« Ein sehr aufdringlich wirkender Journalist versuchte mit diesen Fragen den Kriminaldirektor aus der Reserve zu locken. Was ihm jedoch nicht gelingen sollte.

»Wir haben hier weder irgendwelche Schubladen, die wir bei Bedarf einfach mal eben so auftun, noch haben wir einen bestimmten Ort auserkoren, an dem wir beabsichtigen, die Entführung zum Ende zu bringen«, kanzelte Frey den Journalisten kurz ab, wobei ihn schon die nächste Frage erreichte.

»Wann rechnen Sie mit den ersten konkreten Maßnahmen, die möglicherweise das Ende der Entführung bedeuten könnten?«.

»Nun, ich erwarte bereits in den nächsten Minuten erste konkrete Erkenntnisse, die durchaus geeignet sein dürften, Folgemaßnahmen einzuleiten und uns dadurch einen entscheidenden Schritt voranzubringen.«

»Also doch die Beendigung der Entführung?«, hakte sofort ein anderer Pressevertreter nach, um Frey zu einer vorschnellen Äußerung zu bewegen. Seine Hoffnung, so etwas in Erfahrung zu bringen, was die Polizei der Presse bewusst noch vorenthalten wollte, erfüllte sich nicht.

»Von einem Ende dieser Entführung wird erst dann die Rede sein, wenn der Täter von sich aus sein Vorhaben aufgegeben hat und seine Geisel und die Reisenden nicht mehr bedroht. Oder wenn wir den Täter überwältigen konnten und Herr der Lage sind«. Frey sah sich genötigt, den Journalisten über den Begriff der Beendigung einer Entführung aus kriminalpolizeitaktischer Sicht aufzuklären. Auch dies schien ihm gelungen zu sein.

Noch bevor Frey auf weitere Fragen eingehen konnte, wurde ihm durch einen Mitarbeiter der Leitzentrale ein Anruf aus dem Bonner Innenministerium angekündigt. Dies hatte zur Folge, dass die erste Pressekonferenz bereits nach weniger als fünf Minuten beendet wurde, worüber einige der Journalisten deutlich vernehmbar ihren Unmut äußerten.

Schon auf dem Wege zu seinem provisorisch eingerichteten Büro wurde Frey zum Telefon gerufen. Ein Staatssekretär aus dem Innenministerium hatte sich früher als erwartet gemeldet.

»Nur keine Hektik in solchen Situationen aufkommen lassen«, sagte er still in sich hinein. Er atmete dabei mehrmals tief durch und griff fast unbewusst zu seiner Krawatte, um sie zu lösen. Die Erleichterung war spürbar. Erst dann hob Frey den Hörer ab und meldete sich.

»Kriminaldirektor Frey, Krisenstab Würzburg.«

»Guten Morgen, hier Heusler, Staatssekretär im Bundesinnenministerium Bonn«, meldete sich der Anrufer am anderen Ende der Leitung.

Er hatte mit seiner obersten vorgesetzten Dienststelle meist nur schriftliche Kontakte unterhalten. Und dann auch nur in Angelegenheiten von rein organisatorischer Art, wenn es beispielsweise um Auslandsaufenthalte ging, die das Bundesinnenministerium zu genehmigen hatte. Einen Staatssekretär hatte Frey in seiner beruflichen Laufbahn bisher weder persönlich kennen gelernt, noch gesprochen. Und dass Heusler ein politisches Amt inne hatte; dieser Umstand dürfte für den Verlauf der Unterredung nicht ganz unwichtig sein.

Dies waren Überlegungen, die Frey nahezu automatisch anstellte, bevor er schließlich einige Sekunden später seine ganze Aufmerksamkeit dem Anrufer widmete.

»Ich benötige einige Angaben zum bisherigen Sachstand dieser äußerst unangenehmen Angelegenheit«, äußerte sich der Staatssekretär zunächst mit sachlicher Zurückhaltung.

»Ja, Herr Staatssekretär. Wir befinden uns hier momentan also in folgender Situation:

Der ICE Bavaria-Express befindet sich in der Gewalt eines bewaffneten Täters, der damit droht, den Zug in die Luft zu sprengen, wenn von irgend einer Stelle der Versuch unternommen wird, den Zug zu stoppen. Das hat uns dazu veranlasst, zunächst eine Reihe von Sofortmaßnahmen einzuleiten, deren Ergebnisse mir in Kürze vorliegen werden. Dazu zählen unter anderem hochauflösende Aufnahmen vom Inneren des Führerstandes des ICE, um einerseits den Täter eindeutig zu identifizieren und andererseits Rückschlüsse auf die Echtheit der verwendeten Tatwaffe zu ziehen. Zum anderen sind Mitarbeiter des Bahnbetriebswerkes Würzburg in unsere Maßnahmen fest eingebunden. Sie verfügen über Spezialgerät, das vermutlich zum Auffinden von Sprengsätzen verwendet werden kann, was wir aber derzeit noch überprüfen. Sie sehen, Herr Staatssekretär, unsere Vorbereitungen laufen sozusagen auf Hochtouren.«

»Verstehen Sie mich bitte nicht falsch«, unterbrach der Staatssekretär Freys Ausführungen.

»Der ICE befindet sich doch meines Wissens seit nunmehr zwei Stunden in der Gewalt dieses Kriminellen. Das hat bei uns hier im Ministerium zu einigen Irritationen geführt. Wir fragen uns, wie entschlossen der Krisenstab ist zu handeln, Herr Kriminaldirektor. Sie verstehen, was ich damit zum Ausdruck bringen will?«

Frey hatte in diesem Augenblick wohl verstanden, was Staatssekretär Heusler damit andeuten wollte. Er konterte gleichermaßen geschickt zurück.

»Herr Staatssekretär, die Situation hatte es bisher einfach nicht zugelassen, an eine vorzeitige Beendigung der Entführung zu denken, ohne dadurch die Geisel und auch die Mitreisenden in noch größere Gefahr zu bringen. Wenn Sie jedoch die Verantwortung für eine Aktion übernehmen wollen, die eine kurzfristige Beendigung der andauernden Geiselnahme zur Folge haben soll – wie immer diese auch sein mag – Herr Staatssekretär, dann werde ich unverzüglich alles dafür Erforderliche veranlassen«. Frey ließ unmissverständlich durchblicken, dass er sich in seiner Kompetenz missachtet fühlte.

»Aber Herr Kriminaldirektor, so wollte ich das aber nicht verstanden wissen. Niemand kritisiert hier Ihre Arbeit. Was Sie in dieser Angelegenheit zu tun haben, und vor allem, wie Sie es tun müssen, denke ich, wissen Sie doch wohl am besten. Wir haben uns hier allerdings an das Geiseldrama von Gladbeck und Bremen erinnert gefühlt und gewisse Parallelen entdeckt. Wie Sie ja sicherlich noch wissen, konnten damals zwei Schwerstkriminelle stundenlang durch unsere gesamte Republik reisen und sich – nebenbei bemerkt – auch noch ausführlich interviewen lassen. Die unmittelbare Folge war, dass anschließend ein ganzer Berufsstand als eine Horde von Einfaltspinseln in der Öffentlichkeit dargestellt wurde. Und dies unter dem Hinweis, die Verantwortlichen seien nicht Herr der Lage gewesen, um diesem bösen Spiel ein rasches Ende zu bereiten«. Der Staatssekretär rechtfertigte sich zwar, bemühte sich aber gleichzeitig, verständnisvoll zu argumentieren.

»Mir sind die damaligen Ereignisse von Gladbeck und Bremen noch sehr gut in Erinnerung, Herr Staatssekretär«, ließ Frey sich auf die Diskussion ein.

»Doch die Fälle sind auch nicht ansatzweise vergleichbar. Allein auf Grund der besonderen Umstände, dass es sich einerseits um einen Zug handelt, der mit sehr hoher Geschwindigkeit fährt, und dass sich andererseits vermutlich Sprengstoff an Bord befindet, verbieten ein nicht genügend durchdachtes Eingreifen. Wenn mir die Ergebnisse der bereits genannten Maßnahmen bekannt sind, werde ich mit meinem Mitarbeiterstab alle erforderlichen Schritte unternehmen, um diese Entführung kurzfristig zu beenden«, schloss Frey.

Der Staatssekretär musste schließlich einsehen, dass Frey in dieser Angelegenheit das Ruder fest in der Hand hielt und sich von niemandem in die Parade fahren ließ. Jedenfalls nicht von jemandem, der mit den genauen Umständen und den besonderen Problemen dieses Entführungsfalles nicht vertraut war und somit keine Basis für ein ernstzunehmendes Urteil hatte.

»Falls Sie für die Umsetzung Ihrer Maßnahmen die Unterstützung unseres Ministeriums benötigen, so lassen Sie uns dies wissen. Ihnen stehen selbstverständlich Personal und Material jederzeit zur Verfügung, die für Ihre sicherlich nicht einfache Aufgabe von Nutzen sein können. Ich muss mich leider an dieser Stelle von Ihnen verabschieden, denn in wenigen Minuten erwartet mich der Bundesinnenminister zu einem kurzen Situationsbericht in dieser Angelegenheit«, beeilte sich der Staatssekretär und bedankte sich bei Frey für die aufschlussreichen Informationen zum aktuellen Stand der Entführung des ICE Bavaria-Express 4100.

Schon in der Planungsphase hatte es erhebliche Probleme gegeben, die Stromversorgung entlang der Neubaustrecke von Hannover nach Würzburg sicher zu stellen. Es gab mehrere Alternativen dafür, Hochgeschwindigkeitszüge mit der elektrischen Energie zu versorgen, die sie brauchten, um auf mehr als 300 Kilometer pro Stunde beschleunigen zu können. Schließlich musste auch gewährleistet sein, dass die elektrische Energie, die beim Abbremsen der Züge erzeugt wurde, wieder in das Bahnstromnetz zurückgeführt werden konnte. Nach einer Reihe von Feldversuchen hatte man sich für die sogenannte Mischversorgung auf der insgesamt 325 Kilometer langen Hochgeschwindigkeitsstrecke zwischen Hannover und Würzburg entschieden. Sie sollte mit annähernd hundert Prozent die größtmögliche Sicherheit garantieren. Darüber hinaus war noch eine Leistungsreserve von dreißig Prozent vorhanden, auf die auch unter schwierigsten Bedingungen zurückgegriffen werden konnte.

Für diese Variante war eine Infrastruktur von immerhin drei Umspannwerken nötig, die in Abständen von je 110 Kilometern direkt an der Bahnlinie installiert worden waren. Die Energielieferanten waren nahegelegene bahneigene Kraftwerke, die über ein Netz von Hochspannungsleitungen mit den jeweiligen Umspannwerken verbunden waren. Diese Art der Stromversorgung hatte sich in den vergangenen Jahren bestens bewährt und noch zu keinerlei nennenswerten Störungen während des Einsatzes von Hochgeschwindigkeitszügen geführt.

Umso mehr tat man sich in der Würzburger Leitzentrale besonders schwer, einen Eingriff in dieses hochkomplizierte Stromversorgungssystem zu wagen. Der leitende Oberingenieur und zugleich Verantwortliche in Sachen Energiebereitstellung und Verteilung in der Leitzentrale Würzburg schien auch nach sorgfältigen Überlegungen keinen klaren Entschluss fassen zu können.

So überprüfte er mehrmals das auf großen Plänen dokumentierte System der gesamten Bahnstromversorgung entlang der Neubaustrecke. Irgendetwas schien ihm dabei einfach unüberwindbare Probleme zu bereiten.

»Wenn wir in das Energieversorgungssystem eingreifen wollen mit dem Ziel, dem ICE nur soviel Energie zu liefern, dass er konstant 130 Kilometer pro Stunde fährt, wird es schwierig sein, sicher zu stellen, dass alle übrigen technischen Einrichtungen des Zuges einwandfrei funktionieren«, klärte der Oberingenieur die Anwesenden mit einem Blick auf die technischen Unterlagen auf.

»Was kann denn schlimmstenfalls passieren, wenn dem Zug für eine bestimmte, von uns noch genau festzulegende Zeit einfach der Saft abgedreht wird?«, erkundigte sich ein Bediensteter des BKA.

»Nun, so einfach ist das mit dem Saftabdrehen, wie Sie es ausdrücken, nicht zu machen«, korrigierte der Oberingenieur die saloppe Wortwahl.

»Wenn wir den ICE auch nur für wenige Sekunden stromlos schalten würden, käme dies einer Zwangsbremsung des Zuges bis zum Stillstand gleich«, ließ er seine nachdenklich werdenden Zuhörer wissen.

»Und was dies gegebenenfalls für den ICE beim Unterschreiten der 120 km/h-Grenze bedeutet, wollen wir uns doch erst gar nicht vorstellen, meine Herren.«

»Aber wie wäre denn eine aus Ihrer Sicht denkbare Manipulation des Energieversorgungssystems zu realisieren?«, meldete sich ein weiterer BKA-Beamter zu Wort. Er galt als Experte für den Einsatz elektronischer Mittel in der Verbrechensbekämpfung.

»Also, wenn wir den Zug für einen begrenzten Zeitraum und auf einem konkret noch festzulegenden Streckenabschnitt sozusagen mit gebremsten Schaum fahren lassen wollen, funktioniert das nur, indem wir ihm ausschließlich die Energie zur Verfügung stellen, die er jeweils momentan benötigt. Wir sprechen in einem solchen Falle von dem sogenannten Minimalprinzip der Energiebereitstellung. Das heißt, der jeweilige Energiebedarf des ICE richtet sich nach einer Anzahl von Parametern, die unter anderem von der Position des Zuges abhängig sind. Diese wiederum ergeben sich auf Grund von extremen Steigungen oder Neigungen des augenblicklich durchfahrenen Streckenabschnitts.«

Die Anwesenden, die diesen Ausführungen des Oberingenieurs mit steigendem Interesse lauschten, kamen sich allmählich vor, als seien sie in der Vorlesung einer elektrotechnischen Hochschule.

Der ICE 4100 hatte in den vergangenen fünf Minuten mindestens fünfzehn Kilometer zurückgelegt. Und genau so lange dauerte nun schon diese anstrengende Darbietung des Oberingenieurs.

Zunehmend erging er sich in Vermutungen und Annahmen. Was fehlte und längst überfällig war, das war irgendeine Initiative zum Schutz der entführten Reisenden. Die Zeit, die zum effektiven Handeln blieb, schien den Anwesenden davonzulaufen.

»... und so veranlasse ich nach sorgfältiger Abwägung, einen Eingriff in das Energieversorgungssystem auf dem Streckenabschnitt zwischen der Fuldaer Talbrücke und dem Überführungsbahnhof Mottgers vorzunehmen. Wir werden damit voraussichtlich acht Minuten und fünfzehn Sekunden gewinnen.«

»Der Bavaria-Express wird hierbei auf einer Strecke von mehr als einhundert Kilometern auf konstant 130 Kilometer pro Stunde gehalten«, beendete der Ingenieur seine Ausführungen.

Dieser Entschluss sollte den entführten ICE 4100 jedoch schon wenige Minuten später in höchste Gefahr bringen.

In der Kriminalpolizeiinspektion K311 in Hamburg-Harburg herrschte rege Betriebsamkeit. Das BKA beziehungsweise der Krisenstab aus Würzburg hatte eine Durchsuchung angeordnet. Kriminalrat Kettler hatte daraufhin in dieser Angelegenheit sofort die Leitung übernommen. Mitarbeiter beteiligter Dienststellen sollten sich direkt vor Ort begeben. Nach seinen Vorgaben hatte er bis zur ersten Vollzugsmeldung kaum mehr als eine Stunde Zeit.

Schon fünfzehn Minuten nach Eintreffen der Meldung fuhren Beamte der Spurensicherung, des örtlichen Sondereinsatzkommandos, zwei Hundeführer, Delaborierer und weiteres Fachpersonal in die Travemünder Straße 12. Es war die Adresse eines großzügig angelegten Einfamilienhauses im Neubaugebiet von Hamburg-Stelle, das knapp acht Autominuten von der Inspektion entfernt lag.

Wie schon zu erwarten gewesen war, öffnete auch nach mehrmaliger Aufforderung niemand die Haustür. Der eigens für diese Durchsuchungsaktion hinzugezogene Oberstaatsanwalt konnte damit die Notöffnung der Eingangstür absegnen. Wenige Minuten später betraten die Beamten das Haus. Es blieben noch genau 32 Minuten, um nach dem zu suchen, was man in einer so ruhigen und verträumten Wohngegend wohl niemals zu finden glaubte: Spuren und Hinweise, die den Beamten Aufschlüsse über Hintergründe der Entführung eines Reisezuges geben würden.

Claudia Berghoff-Rietmüller saß in einem kaum mehr als acht Quadratmeter großen Raum unmittelbar neben der Leitzentrale. Er entsprach weder von der Einrichtung, noch von der Größe her den Anforderungen, die an einen Büroarbeitsplatz gestellt werden. Doch diesen Umstand schien die Diplom-Psychologin gar nicht wahrgenommen zu haben. Sie war in ihrer Tätigkeit wieder einmal vollkommen aufgegangen, was eben dazu führte, dass sie alles, was um sie herum geschah, einfach vergaß.

Sie hatte innerhalb kürzester Zeit eine erste Stellungnahme und ein nahezu vollständiges Psychogramm vom vermeintlichen Entführer des ICE angefertigt. Noch einmal überprüfte sie durch Querlesen einige signifikante Persönlichkeitsmerkmale des Täters. Nur wenige Meter entfernt hatten sich in einem Vortragsraum bereits etwa ein Dutzend Zuhörer eingefunden, die gespannt auf einen Kurzvortrag der Psychologin warteten. Schließlich verfügte nur sie über Detailinformationen und kannte möglicherweise den wahren Grund, warum der Bavaria-Express entführt worden war.

Frau Berghoff-Rietmüller eröffnete ihr Statement:

»Meine Herren, ich möchte Ihnen einmal aus psychologischer Sicht die möglichen Motivationen des Täters und die Prognosen kurz darstellen, die ich daraus ableite«. Sie schloss eine kleine Rückblende daran an.

»Nun, wie wir aus zuverlässiger Quelle erfahren haben, hat der Täter vor etwas mehr als einem Jahr seine Frau und seine Tochter durch einen tragischen Unglücksfall verloren. Die Beiden wurden auf einem Bahnübergang von einem herannahenden Zug, übrigens einem ICE, erfasst und getötet. Als besonders tragisch ist es einzustufen, dass ihm kurz nach diesem schmerzlichen Verlust auch noch seine Arbeitsstelle in einer Vermessungsfirma gekündigt wurde.

Er hatte viele Jahre lang als leitender Angestellter in dieser Firma gearbeitet und dadurch seiner Familie ein geordnetes Zuhause sichern können. Durch die Kündigung wurde diesem Menschen nun auch noch die Existenzgrundlage entzogen. Seine Arbeit hätte zwar keinen entscheidenden

Beitrag zur Bewältigung seiner Trauer leisten, aber ihm einen gewissen Halt und auch ein Minimum an Ablenkung geben können. Auf jeden Fall hätte sie, aus therapeutischer Sicht gesehen, wie ein Kompensator gewirkt. Der Betroffene wäre in dieser schweren Zeit über den Verlust seiner Lieben sicherlich besser hinweggekommen. Dessen bin ich mir auf Grund der mir vorliegenden Informationen sehr sicher.

Ich will hier keineswegs Schuldzuweisungen abgeben. Meiner Meinung nach darf aber nicht außer acht gelassen werden, dass die Kündigung durch den Arbeitgeber zu einem denkbar ungünstigen Zeitpunkt erfolgte. Schlimmer hätte es für diesen Menschen wohl kaum kommen können.

Hier standen jedoch offensichtlich betriebswirtschaftliche Interessen im Vordergrund. Das persönliche und menschliche Schicksal blieb, wie so oft, wohl auch in diesem Falle, schlicht unbeachtet: keine Arbeit und keine Familie - das war die traurige Bilanz. Und die konnte dieser schwer geprüfte Mensch dann einfach nicht mehr länger verkraften.

Diese tragische Vorgeschichte bildete letztlich den Nährboden für eine kaum nachvollziehbare Tat. Der Täter erlangt schließlich während der Tatausführung einen unvorstellbaren Zuwachs an Macht und Ansehen - natürlich im negativsten Sinne. Schließlich hatte er diese ja in den vergangenen Monaten Stück für Stück eingebüßt. Aus psychologischer Sicht nimmt die Tat, wie meistens in solchen Fällen, noch ganz andere Funktionen ein, auf die ich hier aus Zeitgründen nicht näher eingehen möchte.

Fest steht jedoch, das Unrechtsbewusstsein dieser Person in einer derartigen Situation ist schwach ausgeprägt, sofern es überhaupt noch vorhanden ist.

Der Entführer glaubt sich nun an allem und jedem auf dieser Welt rächen zu müssen; seien es wie hier völlig Unbeteiligte, oder aber Personen, die mit an seinem Leid und seiner Situation schuld sind.

Selbst nahestehende Personen aus den eigenen Familien sind von solchen Gedanken und Wahnideen keineswegs ausgeschlossen. Beispiele für solche Kurzschlusstaten – im Fachjargon auch Amokhandlungen genannt – werden ihnen nur zu gut bekannt sein.

Ich erinnere hier nur an einen Fall, der Ihnen noch in Erinnerung sein dürfte: Da hatte kürzlich ein Bankangestellter, nachdem man ihm gekündigt hatte, erst seine Frau, dann seine zwei Kinder, und am Ende noch seinen Chef getötet. Warum hatte er so etwas Schreckliches getan?

Nun, aus psychologischer Perspektive betrachtet, stellt es sich tatsächlich so dar, dass sich für den Täter die negativen Ereignisse beziehungsweise Erlebnisse, die bei ihm letztlich zur Eskalation geführt hatten, genau in dieser Reihenfolge abgespielt hatten.

Zunächst verließ ihn seine Frau mit den Kindern. Was dies für einen Mann bedeutet, der seine Frau über alles liebt, brauche ich wohl nicht näher zu erläutern. Als er dann nur wenige Tage darauf von seiner Bank die Kündigung erhielt, war seine Belastungsgrenze gänzlich überschritten. Schließlich tötete der Mann alle drei Personen. Der innere Druck war so groß geworden, dass er im Affekt alle tötete, die ihm, seinem unbewussten Empfinden nach, Unrecht angetan hatten.

Ich bin der Auffassung, dass wir es im vorliegenden Falle möglicherweise mit sehr ähnlich gelagerten Strukturen im Ablauf von Ereignissen zu tun haben.

Während der ersten Kontaktaufnahme werde ich mich daher mit äußerster Vorsicht und Sensibilität an den Täter herantasten. Ich versuche die Motive für sein Handeln zu ergründen, beziehungsweise sie mir durch ihn bestätigen zu lassen. Anschließend gilt es, ihn davon zu überzeugen, wie sinnlos diese Art der Konfliktbewältigung ist, die sich der Zugentführer da vorgenommen hat.

Sollte ich dazu in der Lage sein, so werde ich ihm motivationsfördernde und zugleich auch für ihn begreifbare Perspektiven zur Verbesserung seiner persönlichen Situation vermitteln. Diese sollen den Täter in die Lage versetzen, seine Motive erneut zu überdenken und ihn in eine positive Richtung lenken. Das Ziel soll natürlich sein, ihn zur Aufgabe dieses irrsinnigen Vorhabens zu bewegen.

Er muss erkennen, dass er sich da in etwas verrannt hat, das vollkommen sinnlos ist und der Bewältigung seiner Probleme nicht dienen kann. Wir werden natürlich nicht umhinkommen, ihm gegebenenfalls Straffreiheit zuzusichern. Als Gegenleistung erwarte ich die sofortige und unblutige Beendigung der Entführung und Geiselnahme.

Wie in anderen Fällen, so auch hier, bereitet uns der Faktor Zeit natürlich erhebliche Probleme. Daher werde ich unmittelbar am Ende meiner Ausführungen mit dem Täter in Verbindung treten. Sollte dieser bereit sein, mit uns zusammenzuarbeiten, so könnte ich mir vorstellen, den von mir skizzierten Lösungsansatz der Konfliktbeendigung in die Praxis umzusetzen. Zumindest ansatzweise. Soweit meine Ausführungen aus psychologischer Sicht. Ich danke Ihnen für Ihre Aufmerksamkeit«, schloss die Psychologin.

Sie hatte sich nicht im geringsten durch den Hinweis eines Leitstellenmitarbeiters von ihrem Vortrag abbringen lassen.

Er deutete bereits mit hastigen Bewegungen auf seine Armbanduhr und ebenso unverkennbar auf den benachbarten Raum: die Leitzentrale...

Bereits seit den frühen Vormittagsstunden herrschte in der Kasseler Innenstadt eine geradezu beängstigende Leere und Ruhe. Man hatte das Gefühl, dass das Herz dieser nordhessischen Stadt stehen geblieben war. Irgendwann, als die 30 Grad-Grenze im Stadtkern erreicht wurde, musste dieser Zustand eingetreten sein. Er führte zwangsläufig dazu, dass sich die Menschen in ihre Häuser verzogen oder sie erst gar nicht verließen, nur um dieser erbarmungslosen Hitze zu entkommen.

So wurde es auch nur für wenige Augenblicke lauter. Zwei Streifenwagen der örtlichen Polizeiinspektion West, gefolgt von Mannschaftswagen der Bereitschaftspolizei Kassel und einem Fahrzeug des Dokumentationstrupps, befuhren den August-Bebel-Platz mit hoher Geschwindigkeit. Sie setzten bei dieser Einsatzfahrt kein Blaulicht ein und erregten deshalb kaum Aufsehen. So schnell wie die Fahrzeugkolonne auftauchte, war sie auch schon wieder verschwunden. Sie bog in die Wilhelmshöher Allee ein und baute sich nur wenige Minuten später vor dem Neubau des Kasseler ICE-Bahnhofs Wilhelmshöhe auf.

Der Einsatzleiter gab über Funk die Anweisung, dass der gesamte Bahnhofsbereich geräumt werden sollte. So war auf den meisten Bahnhöfen verfahren worden, die der entführte ICE 4100 auf seiner Strecke passieren musste. Der einzige Unterschied zu den vorherigen Einsätzen war kaum zu bemerken. Für die Ermittlungsarbeit war er jedoch von besonderer Bedeutung. Schließlich sollten die bevorstehenden Aktionen den weiteren Verlauf der Entführung wesentlich beeinflussen.

Beamte des LKA Kassel hatten für ihren Auftrag hochempfindliche Spezialkameras mitgeführt - ein eindeutiges Zeichen dafür, dass ein nicht alltägliche Einsatz bevorstand.

So begaben sich einige Beamte zu einer Bahnüberführung, unter der das Hauptgleis mit der Streckenbezeichnung 1588 Richtung Fulda verlief. Hier war die optimale Position, um aus kürzester Entfernung direkt in den Führerstand des vorbeifahrenden ICE blicken zu können, zumindest für den Bruchteil einer Sekunde. Die kurze Zeitspanne würde jedoch ausreichen, um Aufnahmen vom Inneren des Führerstandes zu erhalten, und somit über die Tatwaffe etwas zu erfahren und den Entführer zu identifizieren.

Die Qualität derartiger Aufnahmen wurde dabei selbst durch die hohe Geschwindigkeit des ICE nicht im geringsten beeinträchtigt. Dies war nahezu die einzige Möglichkeit, innerhalb kürzester Zeit an wichtige kriminaltechnische Informationen zu gelangen.

Versteckt hinter einer Metallwand, in der sich nur eine fünfmarkstückgroße Öffnung befand, wurde das Objektiv der Spezialkamera auf das Hauptgleis ausgerichtet.

In weniger als zehn Minuten sollte der Bavaria-Express genau diese Stelle passieren. Zuvor wurden jedoch erste Probeaufnahmen in ein Betriebsfahrzeug des LKA übertragen. Von dort aus gelangten die digitalisierten Aufnahmen über eine Satellitenverbindung direkt zum Krisenstab in Würzburg.

Die letzte Standortmeldung ergab, dass der entführte ICE den Mündener Tunnel mit über 180 Kilometern pro Stunde durchfahren hatte und in Kürze die Landesgrenze zu Hessen erreichen würde. Von da an benötigte er noch knapp sieben Minuten bis zum ICE-Bahnhof Kassel-Wilhelmshöhe.

Wenn der ICE seine Geschwindigkeit unverändert beibehielte, würde er für nicht mehr als eine halbe Sekunde im Sucher der hochempfindlichen Optik erscheinen. Durch die extrem kurzen Verschlusszeiten würden dennoch bis zu zweihundert Digitalaufnahmen in höchster Qualität entstehen können.

Die Suchereinrichtung sollte für diese kurze Zeit wie mit einer überdimensionalen Lupe das Innere des Führerstandes betrachten. Auf den hochauflösenden Aufnahmen wäre sogar das Prägedatum einer Münze erkennbar gewesen. Und das selbst bei der momentanen Geschwindigkeit des ICE 4100 von unverändert 185 Kilometern pro Stunde.

Im Umspannwerk Mottgers waren zu diesem Zeitpunkt zwei Mitarbeiter der Energie-Technik mit Routine-Kontrollen beschäftigt. So nahmen sie zum Beispiel Sichtprüfungen an den halbmeterdicken Isolatoren vor, die direkt neben dem Gebäude wie Riesenkakteen in einer Reihe standen. Solche Kontrollaufgaben konnten bisher noch nicht von automatisierten

Fernmesseinrichtungen durchgeführt werden.

Direkt am Ausgang des mehr als zehn Kilometer langen Landrücken-Tunnels inmitten der bayrischen Rhön gelegen; versorgte das Umspannwerk Mottgers das letzte Drittel der Neubaustrecke Hannover-Würzburg mit Bahnstrom. Die elektrische Energie lieferte das bahneigene Kohlekraftwerk Großwelzheim nahe Frankfurt am Main, unschwer zu übersehen wegen der fast ein Dutzend Hochspannungsleitungen, die unmittelbar in das klotzige Backsteinhaus neben der Hochgeschwindigkeitsstrecke führten.

Aus der anderen Seite des Gebäudes traten nur wenige Leitungen in das Oberleitungssystem der Neubaustrecke aus und lieferten den erforderlichen und so typischen Bahnstrom mit exakt 15000 Volt und 16,66 Hertz.

Erst wenn man sich bis auf etwa zwanzig Meter dem Umspannwerk näherte, konnte man das unverkennbare Summen der Hochspannung hören. Es erinnerte an ein Bienennest.

An diesem Morgen hatten die Überprüfungen keinen Anlass zu Beanstandungen gegeben. So konnten sich die Energietechniker wieder ihrer Hauptaufgabe widmen, mit der sie nun schon mehr als zwei Wochen beschäftigt waren und bei der sie alle Hände voll zu tun hatten: Sie bereiteten mit größter Sorgfalt den Austausch eines fünf Tonnen schweren Transformators vor, der durch einen leistungsfähigeren und wesentlich kleineren ersetzt werden sollte.

Diese Arbeit kam ihnen sehr gelegen, da sie im vollklimatisierten Kellerraum des Umspannwerks stattfand und sie nicht den unerträglichen Außentemperaturen der vergangenen Tage ausgesetzt waren.

Doch ihre Arbeit wurde an jenem Vormittag des 28. Juli durch einen Anruf aus der Hauptzentrale für Energielastverteilung in Frankfurt am Main zunächst einmal beendet.

»Guten Morgen, Maiwald hier, von der zentralen Lastverteilung«, meldete sich der Anrufer. Seine Stimme klang gehetzt.

»Wir haben da ein etwas außergewöhnliches Problem. In etwa zehn Minuten erwarten wir den ICE 4100 Bavaria-Express von Hamburg nach München in Ihrem Versorgungsbereich«.

Ungeduldig unterbrach ihn der Energietechniker im Umspannwerk Mottgers:

»Und was ist mit diesem ICE?«. Er hatte das Gefühl, Maiwald würde nur um den heißen Brei herumreden.

»Nun, dieser ICE ist kurz nach Abfahrt aus dem Hamburger Hauptbahnhof von irgendeinem Irren entführt worden und bewegt sich nun nach unserer letzten aktuellen Positionsmeldung auf den Bahnhof Kassel-Wilhelmshöhe zu. Da der Entführer droht, den Zug in die Luft zu sprengen, kann er zunächst einmal nicht gestoppt werden. Wir haben daher von der Leitzentrale in Würzburg den Auftrag erhalten, den ICE durch Reduzieren der Fahrdrahtspannung auf einer Geschwindigkeit von konstant 130 Kilometern pro Stunde zu halten.«

»Das hört sich ja abenteuerlich an, was Sie da vorhaben«, bemerkte der Mitarbeiter im Umspannwerk.

»Hat man bei dieser Aktion denn auch daran gedacht, dass ein Vermindern der Hauptspannung unter Umständen die internen Rechneranlagen des ICE - von denen gibt es ja nach meinen Informationen immerhin acht Stück - dass eben diese hochempfindlichen Rechner einen solchen Eingriff eventuell nicht verkraften, wenn die Spannungsschwankung zu groß ist?«, hakte der Anrufer kritisch, aber stockend nach, denn das Vorhaben erschien ihm wohl nicht so ganz ungefährlich zu sein.

»Natürlich haben wir auf eventuelle Störungen und Ausfälle von elektronischen Baugruppen eindringlich hingewiesen. Von höherer Stelle ist allerdings sozusagen beschlossen worden, eine bedarfsabhängige Energiebereitstellung für den Bavaria-Express zu realisieren. Diese Maßnahme betrifft den Bereich zwischen der Fuldaer Talbrücke und dem Überführungsbahnhof Mottgers«, erwiderte der Anrufer dem nun aufmerksam zuhörenden Mitarbeiter im Umspannwerk.

»Wenn der ICE in Ihren Bereich einfährt, werden wir unser modifiziertes Lastverteilprogramm starten und die Spannungsreduzierung auf zunächst 12 Kilovolt vornehmen. Sollte es wider Erwarten zu einem Blackout kommen, so besteht Ihre alleinige Aufgabe im Freischalten aller ausgelösten Sicherungseinrichtungen. Dies sollte natürlich so schnell wie möglich erfolgen, um den ICE nicht stromlos werden zu lassen«, konkretisierte der Anrufer aus der zentralen Lastverteilung.

»Alle weiteren Maßnahmen werden von hier aus gesteuert und überwacht«.

»Wie stellen die sich denn das alles vor? Die können doch nicht einfach den Saft herunterdrehen wie bei einer Modelleisenbahn«, meldete sich nun endlich der zweite Techniker zu Wort. Er hatte das Gespräch über die Mithöreinrichtung verfolgen können.

»Allein das Wiedereinschalten bei Lastausfall würde den ICE für mehr als fünf Sekunden stromlos werden lassen. Es könnte die Endstation für den Bavaria-Express in einem der zahlreichen Tunnelbauten bedeuten«. Seine Gestik war eindeutig: Er konnte dafür kein Verständnis aufbringen.

»Ich habe bei dieser ganzen Aktion, wenn sie tatsächlich so ablaufen soll, ein ganz ungutes Gefühl. Die hochempfindlichen EDV-Systeme in diesen High-Tech-Zügen werden ihnen das Herumfummeln an der Spannungsversorgung höchstwahrscheinlich verdammt übel nehmen. Unter Umständen müssen sie mit gefährlichen Nebeneffekten rechnen, die kein Mensch im voraus genau einkalkulieren kann.«

»In knapp fünf Minuten werden wir ja erleben, wie sich die Elektronik des ICE nun wirklich verhält«, bemerkte sein Kollege skeptisch und zynisch zugleich.

Die Techniker begaben sich daraufhin in den Leitstand des Umspannwerks, von wo aus sie an zahlreichen Mess- und Anzeigeeinrichtungen den Verlauf des nicht alltäglichen Eingriffs in das Bahnstromversorgungssystem mit höchster Konzentration verfolgen sollten.

Im Leitstand der zentralen Lastverteilung Frankfurt am Main herrschte höchste Alarmstufe. Der Leiter des bahneigenen Energieverteilzentrums war für die elektrische Versorgung der Züge im Großraum Frankfurt einschließlich der gesamten Neubaustrecke Hannover-Würzburg verantwortlich. Er hatte einen Entwicklungsingenieur für interne Rechneranlagen der Hochgeschwindigkeitszüge und einen Spezialisten der Fernmess- und Analysetechnik in den Leitstand gerufen.

Normalerweise arbeiteten sie an völlig unterschiedlichen Projekten und hatten ihre Büros auf dem Gelände der zentralen Lastverteilung. Im Leitstand waren sie so gut wie nie anzutreffen, da geschultes Überwachungspersonal den jeweiligen Zustand des insgesamt 750 Kilometer langen Hochspannungsnetzes permanent unter Kontrolle hatte.

Die Meldung des Krisenstabes aus Würzburg erforderte jedoch die Anwesenheit von weiteren hochqualifizierten Mitarbeitern. Dies hatte der Leiter der zentralen Lastverteilung sofort erkannt, nachdem ihm klar geworden war, wie riskant der Auftrag sein würde. Alle Vorbereitungen für das Zurückfahren der Spannung im Oberleitungsnetz waren nun soweit abgeschlossen.

Die Mitarbeiter saßen wie gebannt vor ihren Monitoren und verfolgten die noch verbleibende Zeit, bis der entführte ICE den Streckenkilometer 140.129 erreichen würde. Von da an sollte er, wie von Geisterhand ausgebremst, allmählich an Geschwindigkeit verlieren, bis sein Tempo schließlich auf konstant 130 Kilometer pro Stunde gedrosselt war.

»ICE 4100 erreicht in drei Sekunden, zwei ... jetzt den Checkpoint Alpha«, gab der Leiter der zentralen Lastverteilung den Beginn des Eingriffs in das Stromversorgungssystem bekannt.

»Geschwindigkeit 184 Kilometer pro Stunde, Tendenz langsam fallend«, kommentierte der Entwicklungsingenieur mit ruhiger und konzentrierter Stimme. Der ICE hatte genau zu diesem Zeitpunkt die 249 Meter lange Fuldaer Talbrücke erreicht.

Auf den nächsten 150 Kilometern der Neubaustrecke erwartete ihn eine Vielzahl von Tunneldurchfahrten und Talbrücken mit zum Teil extremen Steigungen.

Die Aktion in der zentralen Lastverteilung sollte sich gerade wegen dieser topographischen Gegebenheiten als höchst gefährlich erweisen.

»Fahrdrahtspannung 12,5 Kilovolt konstant, ICE 4100 bei Streckenkilometer 140,700« kommentierte ein Mitarbeiter der zentralen Lastverteilung.

Ein ICE hatte unter normalen Betriebsbedingungen einen durchschnittlichen Energiebedarf von circa 4000 Kilowattstunden. Damit konnte der sichere Betrieb von nahezu allen elektrischen Großverbrauchern sichergestellt werden, außerdem jeglicher Service, den die Fahrgäste von diesem Zugtyp gewohnt waren. Kein Passagier der ersten Klasse brauchte auf einen normalen 220 Volt-Anschluß während der Reise zu verzichten. Dies war jedoch nur bei einer ausreichenden und nahezu gleichbleibenden Fahrdrahtspannung möglich, die in den Triebkopf des ICE eingespeist wurde.

Die Mitarbeiter der zentralen Lastverteilung hatten in den vergangenen fünf Minuten über ein ausgeklügeltes Fernmeßnetz ständig neue Daten zum Standort, der momentanen Geschwindigkeit und der sich ständig ändernden Energieanforderung des entführten ICE erhalten.

Doch im wahrsten Sinne des Wortes war der ICE 4100 noch lange nicht über dem Berg. Denn vor ihm lag ein als besonders problematisch geltender Streckenabschnitt von Kilometer 160,540 bis Kilometer 175,230. Hier galt es schließlich, eine Steigung von immerhin mehr als zwölf Prozent zu bewältigen. Die Hauptantriebsaggregate und die gesamte Zugelektronik forderten da ein Maximum an Energie. In diesem Abschnitt konnte ein ICE ohnehin nur eine mittlere Reisegeschwindigkeit von etwa 140 Kilometer pro Stunde erreichen, und diese wurde gelegentlich auch unter Normalbedingungen um bis zu zwanzig Stundenkilometer unterschritten. In weniger als vier Minuten würde sich herausstellen, ob der Bavaria-Express im 5370 Meter langen Hainrode-Tunnel wesentlich unter der vorgegebenen Reisegeschwindigkeit von 130 Kilometer pro Stunde fahren würde. Dann würde sich auch zeigen, ob der Energiebedarf, den die Computer errechnet hatten, ausreichte, um eine Katastrophe zu verhindern.

»Momentane Geschwindigkeit 129 Kilometer pro Stunde, Tendenz langsam fallend«, unterbrach der Leiter der zentralen Lastverteilung die gebannte Stille im Leitstand. Seine Kollegen starrten sichtlich besorgt auf ihre Monitore.

»Halt durch, gleich hast Du es geschafft, nur noch 800 Meter bis zum Gipfel«, antwortete der Entwicklungsingenieur einer Zahlenreihe, die auf dem Monitor abgebildet wurde. Dass diese Zahlen schon seit einigen Sekunden im Grenzbereich lagen und ihre Farbe von grün auf leuchtend rot wechselten, unterstrich die Atmosphäre der Bedrohung, die vom ICE auszugehen schien.

»Geschwindigkeit nur noch 125 Kilometer pro Stunde und weiterhin langsam fallend, bei konstanter Lastanforderung«, schrie der Leiter der zentralen Lastverteilung in Richtung seiner Kollegen.

»Stellen Sie sofort eine Verbindung zum Krisenstab in Würzburg her«, befahl der Entwicklungsingenieur. Die letzte Meldung auf dem Monitor ließ ihm fast das Blut in den Adern gefrieren: Voraussichtliche Geschwindigkeit am Scheitelpunkt des Hainrode-Tunnels:

120 Kilometer pro Stunde!

Als die Psychologin in Begleitung von Kriminaldirektor Frey die Leitzentrale betrat, erwartete man sie bereits. Inmitten einer Vielzahl von technischen Einrichtungen wurde speziell für die psychologische Betreuung ein ruhigerer und separat gelegener Teil der Leitzentrale ausgesucht. Nur hier war es möglich, weitgehend ungestört zu arbeiten.

Der Geräuschpegel, der von den mittlerweile mehr als dreißig Mitarbeitern ausging, drang bis auf den Flur neben der Leitzentrale. Diese hektische Betriebsamkeit, die nun schon eine gewisse Zeit anhielt, würde erst dann spürbar nachlassen, wenn alle Vorbereitungen für das Eintreffen des ICE 4100 abgeschlossen waren.

Das sollte eigentlich in der kommenden halben Stunde der Fall sein. Erst dann konnte man gespannt darauf warten, welchen weiteren Verlauf diese Entführung nehmen würde. Doch zunächst kam es einzig und allein darauf an, den Entführer mit psychologischen Mitteln erfolgreich zu beeinflussen. Nur das konnte wesentlich zu einem schnellen und vor allem gewaltfreien Ende der Entführung des ICE 4100 beitragen.

Der erste Gesprächskontakt zwischen der Psychologin und dem Entführer stand nun unmittelbar bevor. Claudia Berghoff-Rietmüller war einen Augenblick noch damit beschäftigt gewesen, die Unterlagen zu überfliegen, die sie für das Gespräch benötigte.

»Wenn Sie diese Taste hier niederdrücken, haben Sie direkten Kontakt zum Führerstand des ICE«, erklärte ihr noch ein Bahntechniker und zeigte ihr, wie sie das Bahnfunkgerät zu bedienen hatte:

»Bei einem längeren Gespräch können Sie die Taste auch arretieren, so dass Sie beide Hände frei haben«.

Einige Betriebstechniker waren zuvor fieberhaft damit beschäftigt gewesen, eine Art Funkstandleitung über die Hauptleitzentrale Frankfurt am Main einzurichten. Von dort aus sorgte eine Zug-Satellitenverbindung für einen direkten Kontakt mit dem entführten ICE. Die Techniker hatten mehrere Versuche unternehmen müssen, bis die Verbindung schließlich zustande gekommen war.

Anfangs hatten sie schon die Befürchtung gehabt, sie würden auf den herkömmlichen Funkkontakt angewiesen sein. Durch die zahlreichen Tunneldurchfahrten wäre es dann jedoch immer wieder zu Funkausfällen gekommen. Die Zug-Satellitenverbindung hatte sich daher als zuverlässiges Übertragungsmedium erwiesen. Sie diente nicht nur für Funkkontakte mit besonders hoher Übertragungsqualität, sondern wurde seit neuestem auch zur Übermittlung sämtlicher technischer Daten des Zuges genutzt.

Als die Satellitenverbindung endlich funktionierte, waren die Techniker sichtlich erleichtert.

»Wir können beginnen,« sagte die Psychologin dem Betriebstechniker der Leitzentrale, der daraufhin versuchte, einen ersten Kontakt zu dem entführten Zug herzustellen.

»Hier spricht die Leitzentrale Würzburg. Ich rufe den ICE 4100 Bavaria-Express. Bitte melden Sie sich!«

Dieser Aufforderung kam weder Kronberger noch der Entführer nach. Auf dem Funkkanal herrschte absolute Stille. Es war eine unheimliche Stille, die einzig und allein von diesem Bahnfunkgerät auszugehen schien.

Niemand der unmittelbar Anwesenden wagte etwas zu sagen. Kriminaldirektor Frey schaute den Bahnmitarbeiter skeptisch und fragend zugleich an, der die Aufforderung an den entführten ICE 4100 wiederholte.

»ICE 4100, hier Leitzentrale Würzburg, bitte melden Sie sich!«

Die Psychologin blätterte währenddessen erneut in ihren Unterlagen, was so aussah, als schaute sich eine Moderatorin noch einmal die neuesten Nachrichtentexte an, bevor sie auf Sendung ging.

»Vielleicht sollte ich einmal versuchen, ihn anzusprechen. Was meinen Sie?«, fragte die Psychologin den Techniker, der neben ihr unruhig mit seinem Kugelschreiber hantierte.

»Es käme auf einen Versuch an. Probieren Sie Ihr Glück«, erwiderte er etwas pikiert und überließ es nun der Psychologin, mit dem Entführer Kontakt aufzunehmen.

Frey stimmte diesem Vorschlag nickend zu. Er wirkte sichtlich nervös und ungeduldig. Schließlich wusste er, dass sie ohnehin nicht mehr allzu viel Zeit hatten.

Der ICE näherte sich zu diesem Zeitpunkt einem Streckenabschnitt, bei dem unter Umständen mit gravierenden Störungen der Funkverbindung zu rechnen war.

Die Zeit, die gottverdammte Zeit, fluchte Frey in sich hinein, als die Psychologin endlich begann, mit dem Entführer Kontakt aufzunehmen.

Als sie die Mikrofontaste betätigte, schauten einige Mitarbeiter voller Erwartung in ihre Richtung, unterbrachen die Arbeit und hörten der erneuten Durchsage mit Spannung zu.

»Mein Name ist Claudia Berghoff-Rietmüller. Ich weiß, dass ich mit dem Führerstand des ICE 4100 verbunden bin und dass man mich jetzt dort hören kann. Bitte schenken Sie mir einen Augenblick Ihre Aufmerksamkeit und denken Sie einfach daran, dass Ihnen jemand eine Geschichte erzählen will. Wären Sie damit einverstanden?«

Diese recht ungewöhnliche Art, ein Gespräch zu beginnen, hatte die

Zuhörer der Leitzentrale neugierig gemacht. Einige von ihnen schienen dabei recht skeptisch zu sein.

»Nun, da ich weder Zustimmung noch Ablehnung von Ihnen erfahren habe, möchte ich Ihnen Folgendes sagen«, fuhr die Psychologin fort.

»Sie sollten zunächst einmal wissen, dass ich Sie in Ihrer momentanen Situation durchaus verstehe. Ja, ich verstehe Sie sogar sehr gut. Es fällt mir nicht schwer, mich in Ihre Lage hineinzuversetzen. Und ich glaube, an Ihrer Stelle hätte ich wohl dasselbe getan. Denn was für ein unendlicher Schmerz muss es für Sie gewesen sein, als Sie Ihre geliebte Frau und ihre Tochter durch einen so tragischen Unglücksfall verloren haben? Nur Sie allein wissen es. Nur Sie allein haben es schließlich am eigenen Leibe erfahren müssen. Was ändert es denn schon, wenn man weiß, unter welchen Umständen man Menschen verloren hat, die einem sehr nahe waren? Ich kann mir vorstellen, dass es für Sie nicht wichtig ist, ob der Verlust auf einen technischen Defekt oder auf menschliches Versagen zurückzuführen ist.

Dass Sie jetzt so allein und verzweifelt sind, kann ich nur zu gut nachempfinden. Sie sollten aber auch bei allem, was Sie tun und vorhaben, bedenken, dass man hieran nichts mehr ändern kann. Niemand und nichts kann Ihnen Ihre Familienangehörigen je wieder zurückgeben. Und das wissen Sie doch nur zu genau, Herr Fiedler.

Denken Sie bitte auch daran, dass Ihnen dieser Schmerz nicht bewusst von jemandem zugefügt oder gar gewünscht worden ist. Ich weiß nicht, wie man es nennen soll, aber ich meine, es war das Schicksal, das ausgerechnet zu diesem Zeitpunkt und an diesem Ort mit so großer Brutalität gewirkt hat. Oder haben Sie etwa jemanden, den Sie dafür verantwortlich machen könnten? Selbst wenn dem so wäre, was hätten Sie davon? Genugtuung oder etwa Gerechtigkeit? Nennen Sie es, wie Sie wollen. Ihre Frau und Ihre Tochter werden dadurch auch nicht wieder lebendig. So hart Ihnen diese Realität auch erscheinen mag: Finden Sie sich mit ihr ab! Auch wenn es Ihnen so unendlich schwer fällt.

Ich bin davon überzeugt, dass wir beide einen gemeinsamen Weg finden, dieses tragische Ereignis anders und angemessen aufzuarbeiten.

Ich halte Sie einfach für zu intelligent, um auf dieses Angebot nicht einzugehen. Lassen Sie sich ruhig Zeit und entscheiden Sie selbst, wo und wann wir gemeinsam überlegen, wie wir aus dieser doch vertrackten Situation wieder herauskommen.

Oder haben Sie bereits einen Vorschlag, wie wir es anpacken wollen? Sind Sie nicht auch der Meinung, dass wir die Fahrgäste und den Lokführer dieser unerträglichen Situation nicht länger aussetzen sollten? Was versprechen Sie sich eigentlich davon? Wollen Sie denn wirklich, dass Unbeteiligten etwas zustößt, das Sie später bereuen werden?

Und vergessen Sie bitte nicht, dass sich unter den Fahrgästen auch Kinder befinden, die nicht älter sind, als Ihre Tochter damals. Wollen Sie denn wirklich, dass so jungen Menschen etwas passiert? Nein, das kann ich mir einfach nicht vorstellen. Das glaube ich Ihnen einfach nicht.

Was meinen Sie, was diese vielen Menschen fühlen, die Sie nun schon seit mehr als zwei Stunden in Ihrer Gewalt haben? Nun, ich kann Ihnen genau sagen, was die von Ihnen denken. Das ist irgend ein Verrückter, der nicht weiß, was er tut. Vielleicht sogar ein Schwerverbrecher, der zu allem fähig ist. Wollen Sie, dass man Sie mit solchen Leuten in Verbindung bringt? Das macht Sie aber nicht gerade zum Helden, muss ich Ihnen einmal ganz ehrlich sagen. Für mich zeigen Sie dann Courage, wenn Sie diese gefährliche Zugfahrt augenblicklich beenden und alle Reisenden und den Lokführer unversehrt aus dieser Situation entlassen. Nur dann werden Sie Hilfe und Verständnis von allen Seiten bekommen. Bei Gott, ich verspreche es Ihnen! Und über das, was bisher geschehen ist, machen Sie sich im Moment bitte keine weiteren Gedanken. Ich möchte Sie bitten, über meine Worte in Ruhe nachzudenken. Wenn Sie mir jetzt etwas sagen möchten oder eine Frage haben, so melden Sie sich bitte. Ich stehe Ihnen jederzeit zur Verfügung.«

Die Psychologin entspannte sich und ließ die Sprechtaste des Bahnfunkgerätes in die Ausgangslage zurückschnellen. Es war gerade so, als ob sie die ganze Zeit über an einer Haustür Sturm geläutet hätte.

Nun wartete sie, sinnbildlich gesprochen, darauf, dass man ihr öffnete und Zutritt gewährte. Das Haus, in das sie gelangen wollte, war in diesem Falle das Vertrauen eines Entführers, der einen Hochgeschwindigkeitszug entführt hatte. Und der damit annähernd 250 Menschenleben in Lebensgefahr brachte. Würde er der Psychologin tatsächlich die Tür öffnen?

Mittlerweile hatte die Leitzentrale eine nahezu unheimliche Ruhe erfasst. Gespannt warteten alle auf eine Reaktion des Entführers. Die Anwesenden überlegten, ob er sich überhaupt zur Aufgabe seines sinnlosen Vorhabens bewegen ließ.

Die Psychologin kritzelte unterdessen eilig einige Notizen auf ein Blatt Papier. Sie hoffte, dass der Entführer endlich reagieren würde, wie immer auch seine Reaktion nach ihren Worten aussehen mochte.

Kriminaldirektor Frey schaltete sich ein und wollte von der Psychologin wissen »Glauben Sie, ihn von seinem Plan abbringen zu können?«

»Das kann ich erst sagen, wenn er sich endlich meldet«, gab sie ihm nur kurz zurück.

»Auf jeden Fall ist alles, was Sie gesagt haben, im Führerstand des ICE einwandfrei angekommen«, bestätigte ihr ein Bahntechniker. Er hatte die ganze Zeit die Zug-Satellitenverbindung überwacht. Noch bevor Frey der Psychologin etwas mitteilen konnte, betätigte sie erneut die Sprechtaste des Bahnfunkgerätes.

»Herr Fiedler, können Sie mir wenigstens bestätigen, dass Sie meinen Ausführungen folgen konnten? Oder benötigen Sie noch etwas Bedenkzeit um…?«

Claudia Berghoff-Rietmüller kam nicht mehr dazu, ihren letzten Satz an den Entführer des ICE 4100 zu Ende zu bringen.

Aus dem Lautsprecher des Bahnfunkgerätes dröhnte plötzlich eine laute Stimme, die die Psychologin unwillkürlich zusammenzucken ließ.

»Hören Sie doch endlich auf, mir etwas von diesem Gesülze über Herz und Schmerz verkaufen zu wollen. Was wissen Sie denn schon, wie es mir geht und was man mir angetan hatte, als mir meine Familie genommen wurde? Haben Sie überhaupt eine Vorstellung davon, was es heißt, wenn einem seine Frau und sein einziges Kind von der einen auf die andere Sekunde genommen werden? Warum lassen Sie mich nicht endlich in Ruhe?«

Die Stimme des Entführers klang verzweifelt. Aus ihr klang ein enormer Leidensdruck und dieser Leidensdruck steigerte sich noch weiter. Die Psychologin spürte förmlich, wie gespannt die Atmosphäre im Führerstand sein mußte. Dennoch war sie fest davon überzeugt, dass sie gerade in diesem Stadium der Entführung eine enorme Chance hatte, den Entführer zur Aufgabe seines Vorhabens zu überreden. Schließlich war er auf ihre Argumente eingegangen. Sie hatte ihn zum Nachdenken veranlasst.

In solchen Fällen war es der erste entscheidende Schritt, dem Entführer bewusst zu machen, wie sinnlos sein Verhalten war. Der Entführer setzte sich dann, wenn auch unbewusst, mit seiner Tat selbstkritisch auseinander. Er ließ mit sich reden, reagierte zumindest auf die Worte der Psychologin.

Sofort setzte Claudia Berghoff-Rietmüller ihre Argumentation fort. Denn von nun an durfte sie keinen Augenblick lang mehr zögern, wenn sie den Entführer umstimmen wollte.

»Aber Herr Fiedler, ich kann Ihre Erregung voll und ganz verstehen. Bitte lassen Sie uns daher über das gemeinsame Vorgehen in aller Ruhe reden. Niemand will Sie unter Druck setzen. Sie allein sollen entscheiden, wie wir es schaffen, diese Situation für Sie und alle übrigen Beteiligten zu entschärfen, bevor irgend jemand zu Schaden kommt.«

Unvermittelt schrie es aus dem Bahnfunkgerät heraus:

»Ich möchte, dass Sie mich mit diesem Gerede verschonen, geht das nicht in Ihren Dickschädel hinein?«

Als die Psychologin daraufhin ein weiteres Mal versuchte, auf den Entführer einzugehen, schrillte aus dem Lautsprecher ein Warnsignal. Es hörte sich gerade so an, als ob jemand eine Alarmanlage ausgelöst hatte.

»Die Satellitenverbindung zum ICE 4100 ist unterbrochen«, musste ein Bahntechniker der Psychologin mitteilen.

Unbeeindruckt von dieser Tatsache betätigte sie noch mehrmals vergeblich die Mikrofontaste. Sie konnte es einfach nicht glauben, dass der Funkkontakt ausgerechnet in dieser entscheidenden Phase abbrach.

»Es wird eine Weile dauern, bis wir den Kontakt wieder hergestellt haben«, unterrichtete ein Bahntechniker nun auch den Kriminaldirektor. Ungeduldig und sichtlich verärgert schaute dieser zum wiederholten Male auf die Uhr. Es hatte weder am ICE noch an der Leitzentrale in Würzburg gelegen, dass die Satellitenverbindung ausgefallen war. Die Schwachstelle konnte wenig später eindeutig lokalisiert werden: Es war die zentrale Lastverteilung in Frankfurt am Main.

Der computergesteuerte Eingriff in das Stromversorgungssystem der Neubaustrecke Hannover-Würzburg bereitete erhebliche Probleme. Damit hatten die Techniker der zentralen Lastverteilung in Frankfurt am Main keineswegs gerechnet. Anfangs waren sie noch recht zuversichtlich gewesen, den entführten ICE über einen längeren Streckenabschnitt auf konstanter Geschwindigkeit halten zu können.

Doch mussten sie schon nach genau sechs Minuten und achtundzwanzig Sekunden die Stromversorgung im Bereich des Umspannwerks Mottgers wieder auf Normalbetrieb umstellen. Das Risiko, den ICE in noch größere

Gefahr zu bringen, war einfach zu groß geworden.

»Hoffentlich ist das gutgegangen. Wenn wir ganz großes Glück gehabt haben, sind ernsthafte Schäden ausgeblieben«. Die Worte des Leiters der zentralen Lastverteilung zeugten deutlich von Besorgnis.

Er betrachtete mit höchster Aufmerksamkeit die aktuellen Zahlenreihen, die dokumentierten, wieviel Energie der ICE bis zum Umschaltaugenblick auf Normalbetrieb anforderte. Schwarz auf Weiß war an diesen Zahlen abzulesen, dass die Oberleitung einer zu hohen Spannung ausgesetzt gewesen war. Und das konnte unter Umständen ausgereicht haben, innerhalb von Sekundenbruchteilen wichtige elektronische Baugruppen zu zerstören.

»Ich werde dem Krisenstab in Würzburg mitteilen, dass unsere Systeme wieder auf Normalbetrieb laufen«, kündigte der Entwicklungsingenieur seinen Kollegen an.

Der Leiter der zentralen Lastverteilung mahnte:

»Und weisen Sie eindringlich darauf hin, dass ein erneuter Eingriff in das Stromversorgungssystem unter den gegebenen Bedingungen keinesfalls zu verantworten ist«.

Zu diesem Zeitpunkt befand sich der Bavaria-Express nur wenige Kilometer vom Überführungsbahnhof Kirchheim entfernt. In knapp zwei Minuten würde er einen der schwierigsten Abschnitte der Neubaustrecke erreichen. Besonders starke Steigungen in den Tunnelbereichen sollten dabei nochmals höchste Anforderungen an die Antriebsaggregate des entführten ICE stellen.

Vier Mitarbeiter des Krisenstabes beschäftigten sich nun schon seit mehr als einer Stunde mit dem Problem der Bombendrohung. Seit der Entführer gegenüber den Bediensteten der Leitzentrale Hannover Andeutungen gemacht hatte, notfalls den Zug in die Luft zu sprengen, hatte die Entführung eine andere Dimension erhalten. Die Bombendrohung bereitete den Mitarbeitern des BKA heftiges Kopfzerbrechen. Sie traten förmlich auf der Stelle und kamen zu keinem brauchbaren Ergebnis.

»Also fassen wir noch einmal zusammen«, resümierte ein Mitarbeiter des BKA:

»Der Täter droht bei Unterschreiten der Reisegeschwindigkeit von 120 Kilometern pro Stunde den Zug in die Luft zu jagen. Versetzen wir uns doch einmal in seine Lage. Er meint doch im Grunde genommen damit nichts anderes, als dass er über einen Mechanismus verfügt, der möglicherweise abhängig von der Geschwindigkeit reagiert. Eventuell kann der Zündvorgang vom Täter zu jeder Zeit ausgelöst werden, was wir hier einmal rein hypothetisch annehmen wollen«, schlussfolgerte der Beamte. Seine Kollegen nickten zustimmend mit dem Kopf.

»Wenn der Entführer jedoch über eine Vorrichtung verfügt, die abhängig von der Geschwindigkeit ausgelöst wird, so muss sie sich unmittelbar an einer der 28 Achsen des Zuges befinden. Technisch ist das gar nicht anders denkbar.«

»Sie meinen, der Täter hat einen Sprengsatz an der Unterseite des Zuges installiert, der genau bei 120 Kilometern pro Stunde ausgelöst wird?«, hinterfragte ein Bahntechniker, der sich für spezielle Fragen zur ICE-Technik zur Verfügung gestellt hatte.

»So oder ähnlich kann ich mir das in der Praxis durchaus vorstellen. Denken wir doch nur einmal vergleichsweise an die Luftfahrt. Dort wurde kürzlich an Bord eines Großraumflugzeuges eine Bombe mit einer entsprechenden Zündvorrichtung angebracht. Und diese arbeitete abhängig vom atmosphärischen Luftdruck. Höhenänderungen bedeuten ja physikalisch betrachtet gleichzeitig Luftdruckänderungen«, führte der Beamte des BKA weiter aus.

»So detonierte dann auch die Bombe, als die vorher festgelegte Mindestflughöhe unterschritten wurde. Untersuchungen ergaben schließlich, dass die Explosion tatsächlich auf den Höhenmeter genau erfolgte, als die Maschine während des Landeanflugs den zuvor eingestellten Luftdruckwert erreicht hatte. Ein teuflischer Plan, der achtzig Menschen das Leben kostete. Vom technischen Standpunkt aus betrachtet sind wir heute in der Lage, fast alles zu realisieren. Eine unvorstellbare Präzision, gepaart mit geringstem Aufwand an Material und Platzbedarf sind die entscheidenden Kriterien. Und diese machen sich natürlich auch Terroristen gnadenlos zunutze.«

»Wir müssten doch irgendwie eine Möglichkeit finden, unter den ICE zu sehen. Denn nur so könnten wir zweifelsfrei feststellen, ob dort tatsächlich eine Bombe angebracht worden ist«, meldete sich der Bahntechniker nochmals zu Worte.

Einige der Anwesenden drückten ihre Meinung zu diesem naiv klingenden Vorschlag durch leichtes Stirnrunzeln und mitleidiges Lächeln aus.

»Aber meine Herren, wir haben doch zuvor ein Brainstorming vereinbart, bei dem jeder seine Ideen und Lösungsansätze vortragen darf. Auch wenn sie sich dem ersten Anschein nach als völlig ungeeignet erweisen sollten«, lenkte ein BKA-Beamter als Leiter dieser Gesprächsgruppe ein.

»Sie bringen mich da nämlich auf eine Idee. Unter Umständen haben wir die Möglichkeit, den ICE im wahrsten Sinne des Wortes von der Unterseite her zu betrachten«, bekräftigte der Bahntechniker unbeeindruckt von den Reaktionen einiger Anwesenden. Sofort griff er zum Telefonhörer und ließ sich mit dem Bahnbetriebswerk Würzburg verbinden.

Frey hielt den Telefonhörer noch einige Sekunden lang in seiner Hand, als wollte er die Verbindung zum Bundesinnenministerium von sich aus einfach nicht trennen.Er dachte noch einmal über das nach, was er dem Vertreter von Staatssekretär Heusler zu erklären versucht hatte. Schließlich jedoch gab Frey resigniert auf, detaillierter zu erläutern, in welcher Situation sich der ICE gegenwärtig befand. Und erst als sie darauf zu sprechen kamen, dass es zu weiteren ernsthaften Problemen kommen konnte, wenn man sich nicht kurzfristig zum Handeln entscheiden würde, erreichte Frey endlich die Mitteilung, die er sich schon lang erhofft hatte.

»Aber Herr Kriminaldirektor, Sie allein haben das Heft in der Hand. Nur Sie verfügen über alle nötigen Informationen. Tun Sie also, was Sie für richtig halten. Das Innenministerium steht hinter Ihnen.«

Damit war alles gesagt. Frey kannte diese Formulierung von höchster Stelle und deutete sie auf seine Art. Er interpretierte sie inoffiziell als das Ende der Schonzeit für den Entführer. Schließlich hatte er allen Beteiligten mehr als genug auf den Nerven herumgetrampelt.

Schon seit mehr als zwei Stunden schaffte es dieser Wahnsinnige, zweihundert Menschen in Aufregung und Gefahr zu versetzen. Frey entschied augenblicklich, dass damit nun Schluss sein sollte.

Er konnte jetzt alles Nötige veranlassen, um der Entführung des ICE 4100 ein Ende zu setzen. Jetzt musste er keine Rückmeldungen oder Vollmachten des Innenministeriums mehr abwarten. Was er für richtig hielt, konnte unverzüglich realisiert werden.

Schon wenige Minuten später war Frey damit beschäftigt, den richtigen Ort für das Ende dieser gefährlichen Zufahrt auszumachen. Bahntechniker sichteten Pläne und Unterlagen über Ausbaustrecken, die durch ihre topographische Lage grundsätzlich als geeignet erschienen für den Eingriff, mit dem die Entführung des ICE beendet werden sollte.

Es kamen eigentlich nur zwei Varianten in Frage. Zum einen die Ausbaustrecke Würzburg-Heilbronn, und zum anderen die in Richtung Nürnberg. Wobei sich die letztere auf dem technisch neuesten Stand befand und Manipulationen der Leitzentrale Würzburg am wirkungsvollsten zu realisieren waren.

Diese Streckenführung deklarierte dann auch der technische Leiter sofort als nicht fahrplanmäßige Umleitungsstrecke für den entführten ICE 4100.

»Nun müssen wir noch einen geeigneten Ort für die Beendigung der Entführung festlegen«, überlegte Frey, der die vor ihm ausgebreiteten technischen Unterlagen betrachtete.

Er verstand zwar von deren Inhalt so gut wie nichts. Aber dies war ja auch nicht erforderlich.

»Ich möchte Ihnen einige Merkmale nennen, die ein solcher Ort aus kriminalistischer Sicht mindestens aufweisen sollte«, begann Frey in der Absicht, den Bahntechnikern mit einigen Hinweisen die Suche zu erleichtern.

»Natürlich sollte dieser Ort so gelegen sein, dass die Hilfs- und Einsatzkräfte mühelos an den gestoppten ICE gelangen können. Ideal wäre hier ein Bereich, in dem die Gleisanlagen mit der Straßenführung nahezu ebenerdig verlaufen, und dies nach Möglichkeit über die gesamte Länge des Zuges. Um die Schar der Schaulustigen und Medienvertreter auf ein Mindestmaß zu reduzieren, sollte das Gelände weiträumig abgesperrt werden«, riet er den Bahntechnikern.

»Anhand dieser speziellen Lagepläne dürfte es kein Problem sein, einen geeigneten Haltepunkt für den ICE zu finden«, merkte ein Techniker an und verwies auf einen Streckenabschnitt, der als äußerst geeignet erschien.

»Der Haltepunkt Rottendorf erfüllt wohl am ehesten die Anforderungen sowohl aus bahntechnischer, als auch aus kriminaltaktischer Sicht.«

»Lassen Sie uns die örtlichen Gegebenheiten einmal auf diesem Plan näher betrachten.« Mit diesen Worten bat der technische Leiter Kriminaldirektor Frey zu einem von zahlreichen Lageplänen, die im Besprechungsraum auslagen. Bei diesem »Haltepunkt« handelte es sich um einen circa 5000 Einwohner zählenden Ort direkt vor den Toren Würzburgs. Ein »Haltepunkt« bezeichnete in der Fachsprache der Bahntechniker nichts anderes als einen Bahnhof.

Die baulichen Gegebenheiten und die Nähe zur Bundesautobahn A5 erwiesen sich als geradezu ideal. Somit war festgelegt, wo der ICE 4100 seine denkwürdige Fahrt endgültig beenden sollte.

»...und zwar werden wir den ICE direkt hinter diesem Hauptsignal in eine überproportionale Zwangsbremsung überführen. Er wird dann auf den Meter genau bereits kurz vor dem Bahnhof Rottendorf zum Stehen kommen«, erläuterte der Bahntechniker nun konkret an einer Zeichnung. Sie war übersät mit Symbolen aus der Gleisbau- und Signaltechnik. Nur ein Fachmann konnte sich hier zurechtfinden, dachte Frey, als er wortlos dem zustimmte, was er soeben gehört hatte. Er vertraute auch in diesem Punkt ganz und gar den erfahrenen Leitstellenexperten.

»Ich werde meine Führungsgehilfen sofort davon in Kenntnis setzen, dass nun der Ort Rottendorf definitiv als Haltepunkt feststeht«, wandte sich Frey an die Bahntechniker.

Innerhalb weniger Minuten waren eine Hundertschaft der Bereitschaftspolizei Würzburg, zwei Sondereinsatzkommandos der Polizei, Feuerwehrfahrzeuge, Krankentransporter und zwei Hubschrauber der SAR alarmiert. Ihr Einsatzort lag rund zwanzig Kilometer südöstlich von Würzburg.

In der Leitzentrale Würzburg waren mittlerweile mehrere Versuche fehlgeschlagen, die Zug-Satellitenverbindung wieder herzustellen. Man entschloss sich daher, die Hauptleitstelle in Frankfurt am Main davon in Kenntnis zu setzen.

Schließlich hatte man dort mehr Möglichkeiten, den technischen Defekt eventuell doch noch zu beheben. Dies erhöhte die Chance, mit dem Entführer erneut Kontakt aufzunehmen. Auch wenn dies zum jetzigen Zeitpunkt keinen entscheidenden Einfluss mehr auf das weitere Vorgehen haben würde.

»Seit 10.08 Uhr ist die Zug-Satellitenverbindung ausgefallen«, informierte ein Techniker der Leitzentrale Würzburg den Zug-Operator.

Er hatte seit mehr als einer Stunde die Fahrt des entführten ICE auf einem eigens zur Beobachtung eingerichteten Sonderplatz verfolgt.

»Ja, das ist gut möglich, Herr Kollege«, gab er kaum überrascht zurück.

»Unsere Aufzeichnungen haben diesen Ausfall registriert und es sieht wohl ganz danach aus, dass es nicht das einzige technische Problem bleiben wird.«

»Was meinen Sie damit? Gibt es etwa ernsthafte Probleme mit dem ICE?«, wollte der Techniker vom Zug-Operator wissen.

»Falls Sie darüber noch nicht informiert sein sollten, der Bavaria-Express wurde vor wenigen Minuten durch die zentrale Lastverteilung wieder auf Normalbetrieb geschaltet. Dabei hat es im Umschaltaugenblick eine sehr kritische Spannungsüberhöhung auf der Oberleitung gegeben. Und diese hat den ICE wohl ziemlich erwischt. Was dies für die Elektronik des Zuges bedeuten kann, muss ich Ihnen ja wohl nicht erklären, Herr Kollege«.

Es bedurfte wirklich keiner weiteren Erläuterung, was ein derartiger Vorfall an der Zugelektronik anrichten würde. Der Ausfall der Innenbeleuchtung, der Rundfunk- und Telefonverbindung, der Klimaanlage und sogar der elektrischen Großverbraucher im Restaurantwagen waren durchaus mögliche Folgen. Auch das Einfrieren sämtlicher EDV-Systeme, also deren Totalausfall, war von nun an nicht mehr auszuschließen.

Dem Bahntechniker schossen Gedanken eines Szenariums durch den Kopf, die das Schlimmste befürchten ließen. Sollten tatsächlich weitere elektronische Einrichtungen in Mitleidenschaft gezogen worden sein, so hätte dies zweifellos eine Katastrophe zur Folge. Sie würde sich mit einer Wahrscheinlichkeit von fast 85 Prozent in einem der schwer zugänglichen Tunnelbauten ereignen.

Noch während sich der Leitstellentechniker diese schlimmen Vorstellungen plastisch ausmalte, wurde er durch den Zug-Operator unterbrochen. Der Anrufer klang deutlich betroffen.

»Über die genauen Folgeschäden können wir natürlich erst etwas sagen, wenn uns das neueste Zug-Daten-Telegramm erreicht. In etwa drei Minuten wird es wohl eintreffen - wir erwarten es schon mit größter Spannung.«

Der Techniker war offensichtlich noch immer nicht imstande zu begreifen, in welcher Situation sich der entführte ICE 4100 möglicherweise nun befand.

Als der Bavaria-Express den Überführungsbahnhof Burgsinn erreichte, sendete eine unmittelbar am Gleiskörper befestigte Übertragungseinrichtung den vorläufig letzten Zugdatenbericht. Schon wenige Sekunden später schob sich ein Blatt mit diesen Daten aus dem Gehäuse eines Spezialdruckers. Er war mit dem Leitstellenhauptrechner der Würzburger Leitzentrale verbunden. Es war der Bericht, von dem es schließlich abhing, welche Möglichkeiten für technische Manipulationen durch die Leitstelle noch denkbar waren.

Nun konnte man auch den Umfang der Schäden eingrenzen, die die kurze Spannungsüberhöhung in der Elektronik des ICE angerichtet hatte.

Ein Bahntechniker der Leitzentrale eilte mit dem Bericht zum technischen Leiter, der sofort mit der Auswertung der Daten begann.

»Ich glaube, wir sind noch einmal mit einem blauen Auge davongekommen. Von den insgesamt acht internen Rechneranlagen sind immerhin sechs komplett ausgefallen. Wir können von Glück reden, dass die Hauptantriebssteuerung über die Systeme sieben und acht weiterhin so zuverlässig arbeitet. Hoffen wir, dass diese den Aggregaten genügend Leistung zur Verfügung stellen, damit dem Zug auf den Steigungen nicht die Puste ausgeht.«

»Und wie sieht es mit den Bremssystemen aus? Haben die auch etwas abbekommen?«, informierte sich ein Bahntechniker.

»Das pneumatische Bremssystem ist hiernach wohl voll funktionsfähig. Die Wirbelstrombremseinrichtung hingegen ist vom System drei abgemeldet worden. Das heißt, wir können bei einer Zwangsbremsung nur auf die pneumatische Bremswirkung zurückgreifen. Dies bedeutet natürlich einen etwa zwanzig Prozent längeren Bremsweg.«

Der technische Leiter betrachtete einen Abschnitt des Zugdaten-Telegramms mit besonderer Aufmerksamkeit und fand seine Befürchtungen bestätigt. Hinter einer Auflistung von mehreren Dutzend Zahlen und Buchstaben standen neben dem Kürzel AC die beiden Zahlenfolgen 22.0 N - 24.9 - 27.8.

Mit diesen nüchternen Zahlen war der Totalausfall der Klimaanlage im ICE technisch dokumentiert. Für die Fahrgäste konnte dies nichts Gutes bedeuten. Schon seit mehr als einer halben Stunde wurde keine Frischluft mehr in die Abteile gefördert. Unter Normalbedingungen herrschte dort eine Lufttemperatur von 22.0 Grad Celsius. Momentan waren es bereits 27.8 Grad. Schon deshalb war es wichtig, die Entführung schnellstmöglich zu beenden. Die Innentemperatur des Zuges würde ständig weiter ansteigen, da es keine andere Möglichkeit gab, für eine Frischluftzufuhr in den Abteilen zu sorgen.

»Ich garantiere Dir, es wird keine halbe Stunde mehr dauern, und die Fahrgäste schmoren vor sich hin wie die Ölsardinen in einer aufgewärmten Blechdose«, prognostizierte der Bahntechniker mit sorgenerfülltem Blick.

»Spätestens wenn der ICE den letzten Tunnel verlässt und auf freier Strecke diesen Wahnsinnstemperaturen ausgesetzt sein wird, heizt die Sonne ihnen so richtig ein.«

Die Folgen durch den Ausfall der Klimaanlage in einem ICE waren den Bahntechnikern bekannt. Es handelte sich keineswegs um eine neue Erkenntnis, dass die Innentemperatur eines vollklimatisierten Zuges innerhalb kurzer Zeit auf weit über 30 Grad Celsius ansteigen würde.

Ein derartiger Vorfall hatte sich nämlich vor nicht allzu langer Zeit in einem französischen Hochgeschwindigkeitszug ereignet. Dort hatten die Fahrgäste versucht, die Fenster, die sich nicht öffnen ließen, mit herausgerissenen Inneneinrichtungen der Abteile einzuschlagen. Zu diesen panischen Reaktionen war es gekommen, nachdem eine Steuereinheit ausgefallen war.

Sie sorgte unter Normalbedingungen dafür, dass im gesamten Zug stets eine angenehme Temperatur herrschte und genügend Frischluft vorhanden war. Bereits wenige Minuten nach diesem technischen Defekt hatten im Zuginneren fast Temperaturen wie in einer Sauna geherrscht.

Ganze 30 Grad mussten die Fahrgäste ertragen, bis schließlich eine Zwangsbremsung diesen Albtraum beendete. Nur die Entscheidung zu dieser Zwangsbremsung verhinderte letztlich, dass die Reisenden vor ernsthaften gesundheitlichen Schäden bewahrt wurden. So berichtete die Fachpresse von diesem Vorfall.

»Wann wird der Bavaria-Express in Rottendorf erwartet?«, fragte ein Führungsgehilfe, der die alarmierten Einsatzkräfte über den genauen Zeitpunkt unterrichten wollte.

»Nach unseren Berechnungen wird er gegen 11.13 Uhr in eine Zwangsbremsung überführt. Nach weiteren zwei Minuten ist mit dem Stillstand des Zuges zu rechnen. Auf diese Angaben können Sie sich hundertprozentig verlassen. Sie sind vom Computer errechnet worden, und der wird den Bavaria-Express auch keinen einzigen Meter weiter fahren lassen«, versicherte der leitende Bahntechniker dem Führungsgehilfen.

»Und wo befindet sich der ICE im Augenblick?«, wollte er noch wissen, als er fast schon wieder in der Tür stand.

Ein Blick auf den Monitor verriet, dass er sich im Bereich des 5528 Meter langen Mühlberg-Tunnels befand. Er war somit nur noch wenige Kilometer von jenem Streckenabschnitt der Neubaustrecke entfernt, die am stärksten anstieg. Die aktuelle Geschwindigkeit betrug 172 Kilometer pro

Stunde. Es stand zu hoffen, dass sie ausreichte, um den Scheitelpunkt des Zellinger Berges mit über 120 Kilometer pro Stunde zu durchfahren.

Das Bahnbetriebswerk lag nur einen Steinwurf vom Hauptbahnhof Würzburg entfernt. Es verfügte erst seit kurzem über die neuesten technischen Einrichtungen, die für die Wartung und Instandhaltung einer Hochgeschwindigkeitsstrecke erforderlich waren.

In ihrem Zuständigkeitsbereich bis zum Bahnhof Fulda war man daher auf nahezu alle Eventualitäten vorbereitet. Wenn es einmal zu größeren Betriebsstörungen auf den Talbrücken oder in den Tunnelbauten kommen sollte, waren die Mitarbeiter in weniger als einer halben Stunde vor Ort, weshalb sie auch scherzhaft die »Streckenpolizei der Eisenbahn« genannt wurden. Aber glücklicherweise hatte es keinen Anlass zu einem Einsatz gegeben, seit die Neubaustrecke in Betrieb genommen worden war. Es war die Entführung des ICE 4100, die an diesem Tage für den ersten außergewöhnlichen Einsatz sorgen sollte. Und dieser war auch nicht ganz ungefährlich für einige Mitarbeiter des Bahnbetriebswerks.

Sie wurden mit Spezialgerät zum Ausgang des 571 Meter langen Steinberg-Tunnels beordert, der nur wenige hundert Meter von der Würzburger Leitzentrale und dem dortigen Hauptbahnhof lag. Die Einsatzanforderung kam direkt vom Krisenstab und verlangte Arbeiten, die bisher in der Praxis noch nicht durchgeführt worden waren.

So sollte zum Beispiel eine Videoanlage im Versorgungsschacht des Richtungsgleises 1588 bei Kilometer 302.850 angebracht werden, um damit die Zuguntersite des vorbeifahrenden ICE 4100 abbilden zu können.

»Wie viel Zeit werdet Ihr wohl für die Installation der Videokameras denn brauchen?«, erkundigte sich der Streckenposten, der - ausgerüstet mit einem Gefahrenmelder und einem Funkgerät - für die Sicherheit der direkt im Gleis arbeitenden Streckenmechaniker verantwortlich war.

»Ich denke, dass wir in knapp einer Viertelstunde die Geräte im Versorgungsschacht untergebracht haben und anschließend die Videoanlage in Betrieb nehmen können«, antwortete er dem Streckenposten.

Jeden Augenblick musste die aktuelle Standortmeldung bei ihm eintreffen. Er verließ sich bei seiner Arbeit jedoch nicht nur auf die Technik. Sein Blick war außerdem ständig in den kaum beleuchteten Steinberg-Tunnel gerichtet.

Laut Streckenbericht der Leitzentrale Würzburg befand sich dort ein Güterzug mit mehr als 3000 Tonnen Stahlröhren für den Bau einer Fernwasserleitung. Seit gut einer Stunde stand er dort auf dem Gleis in Richtung Fulda. Dies war nur eine der mittelbaren Folgen der Entführung gewesen, die mittlerweile einen Stau von umgeleiteten und wartenden Zügen von mehreren Kilometern Länge verursacht hatte. Auf sämtlichen Überführungsbahnhöfen entlang der Neubaustrecke parkten Züge aller Art.

Dadurch hatte man dem entführten ICE eine freie Strecke von mehr als 200 Kilometern geschaffen. Aus Sicherheitsgründen wurde der Zugverkehr der Gegenrichtung ebenfalls bis auf weiteres eingestellt. Unter keinen Umständen sollte auch nur das geringste Risiko durch entgegenkommende Züge entstehen. Der Bavaria-Express war somit das einzige Schienenfahrzeug, das sich seit mehr als einer Stunde auf der Hochgeschwindigkeitsstrecke fortbewegte. Womit er einen traurigen Rekord aufstellte.

Ein für die Mitarbeiter des Krisenstabes eigens umfunktionierter Mehrzweckraum befand sich direkt neben der Leitzentrale. Dort bereiteten sich einige Führungsgehilfen auf die wohl wichtigste Krisensitzung vor. In ihr mußte die Entscheidung fallen, wie die Entführung im Detail beendet werden konnte. Kriminaldirektor Frey hatte sich zu dieser Strategie entschlossen, nachdem zu erwarten gewesen war, dass es zur erneuten Kontaktaufnahme zwischen dem Entführer und der Psychologin wohl nicht mehr kommen würde.

Noch einmal sollten hierbei Alternativen zur Beendigung dieses Entführungsfalles vorgetragen werden. Jetzt, da dem Krisenstab die ersten Ergebnisse bereits eingeleiteter Aktivitäten vorlagen, war die Zeit zum Handeln gekommen.

Ein Führungsgehilfe des Bundeskriminalamtes entnahm einem Faxgerät eine letzte Nachricht, als der Leiter des Krisenstabes die kurzfristig anberaumte Sitzung gerade eröffnete.

»Da wohl im Augenblick und in absehbarer Zeit mit keiner Wende zum Positiven zu rechnen ist, habe ich zu dieser Sitzung einberufen. Um keine Zeit zu verlieren, bitte ich daher den Führungsgehilfen um eine kurze Berichterstattung zu dem bisherigen Erkenntnisstand.«

»Nun, vor wenigen Minuten haben wir ein mehrseitiges Fax mit dem Ergebnis der Hausdurchsuchung beim vermeintlichen Entführer erhalten.

»Die Kollegen in Hamburg teilen uns darin mit, dass sie unter anderem diverse technische Unterlagen mit einer erstaunlichen Menge technischer Details über den ICE sichergestellt haben. Darunter soll sich auch eine Reihe von Informationen befinden, die als Verschlusssache einzustufen und ausschließlich für die Schulung von Fahrdienstpersonal der Deutschen Bahn AG bestimmt sind«, berichtete der Führungsgehilfe.

»Aufzeichnungen des Entführers zu der Entführung, die er akribisch vorbereitet hat, sind auch nach gründlichster Durchsuchung mit Unterstützung der örtlichen Diensthundestaffel nicht aufzufinden gewesen.

Die sichergestellten Unterlagen werden derzeit einer fachtechnischen Auswertung unterzogen, die allerdings mehrere Tage in Anspruch nehmen dürfte. Dies jedenfalls entnehme ich dem Bericht der Kriminaltechnischen Untersuchungsstelle des LKA Hamburg. Interessanter dürften die Ergebnisse unserer Aktivitäten auf dem ICE-Bahnhof Kassel-Wilhelmshöhe sein«, setzte er seine Ausführungen fort.

»Ich projiziere mal einige Fotos an die Wand, die uns eindeutige Hinweise zum Täter liefern.«

Die Anwesenden gerieten über das, was sie nun zu sehen bekamen, in sichtliches Staunen.

»Wie man hier zweifelsfrei erkennen kann, handelt es sich bei dem Entführer tatsächlich um den 39-jährigen Alexander Hans-Werner Fiedler«.

Als der Raum noch weiter abgedunkelt wurde, konnte man auf einem Foto sehr deutlich erkennen, wie er Kronberger mit einer Pistole bedrohte. Er wirkte versteinert und starrte nur geradeaus auf die vor ihm liegende Strecke. Die Betrachter dieser Fotos hatten den Eindruck, dass es Kronberger offensichtlich vermied, sich auch nur einen Zentimeter von der Stelle zu bewegen.

»Dieser hohen Aufnahmequalität haben wie es auch zu verdanken, dass uns die Kollegen von der waffentechnischen Stelle des LKA Kassel gleich eine vorläufige Begutachtung herübergefaxt haben«, informierte der Führungsgehilfe die aufmerksamen Zuhörer.

»Wir müssen davon ausgehen, das es sich bei der hier verwendeten Tatwaffe um die Pistole des Typs Walther PPK vom Kaliber acht Millimeter handelt. Nach Einschätzung der Waffentechniker wird diese Pistole im Handel zu 50 Prozent als scharfe Waffe an den Kunden gebracht. Hier stellt sich natürlich folgende Frage: Befinden sich nun im Magazin lediglich

Platzpatronen, oder hält der Entführer tatsächlich eine scharfe Waffe in seiner Hand? Die Antwort weiß in diesem Augenblick nur der Täter allein. Wir können über die Gefährlichkeit der Tatwaffe nur spekulieren und haben es in dieser Hinsicht nach wie vor mit einem hohen Restrisiko zu tun. Zu dieser Einschätzung sind auch die Kollegen aus Kassel in ihrem Bericht gelangt.«

Frey hatte dem Führungsgehilfen während seines Vortrages bereits ein Zeichen gegeben, er möge zum Ende seiner Ausführungen kommen. Die Zeit drängte enorm.

»Zunächst einmal vielen Dank für die aufschlussreichen Erkenntnisse«, dankte ihm Frey.

»Dass wir es hier mit einem sehr entschlossenen Täter zu tun haben, zeigen uns einerseits die umfangreichen Vorbereitungen, andererseits auch seine Ausdauer. Dies haben wir ja während des Gesprächs zwischen dem Entführer und unserer Kollegin Berghoff-Rietmüller feststellen können«, begann der Leiter des Krisenstabes einige handschriftliche Notizen vorzutragen, die er ständig nervös vor sich hin und her schob.

»Es drängt sich hier der Eindruck auf, als wolle uns der Entführer in irgendetwas hineinmanövrieren. Und dann werden wir allein aus zeitlichen Gründen nicht mehr in der Lage sein, einzugreifen und die Entführung zu beenden. Seit mehr als zwei Stunden droht der Täter, den Zug in die Luft zu sprengen. Er gibt uns also zu verstehen, dass nur er allein in der Lage ist, über das Schicksal dieses Zuges zu entscheiden. Zum einen ist er zu keinem Kompromiss bereit oder nennt irgendwelche Forderungen. Zum anderen haben wir aber auch nicht den geringsten Hinweis erhalten, der ein Ultimatum begründen könnte. Nun frage ich Sie, was will dieser Fiedler mit seinem ungewöhnlichen Verhalten überhaupt erreichen?«

Die Anwesenden wussten natürlich keine Antwort auf diese Frage. Ebenso wenig wie Kriminaldirektor Frey. Er ließ eine Pause entstehen. Die Spannung stieg. Man konnte sie im Raum geradezu spüren. Es war totenstill.

»Vielleicht liege ich mit meinen Vermutungen und Schluss folgerungen völlig daneben«, fuhr er fort.

»Aber wenn Sie mich fragen, deutet alles darauf hin, dass der Entführer die ganze Zeit versucht, uns etwas vorzumachen. Er spielt ein übles Spiel mit uns. Was aber schlimmer ist; er führt uns geradezu beschämend der Öffentlichkeit vor. Ich kann einfach nicht glauben, dass dieser Fiedler wirklich den Zug in die Luft sprengen könnte. Ich bin sogar fest überzeugt davon, dass sich weder im Zug, noch sonstwo eine Sprengladung befindet. Wie wir bereits von unserem Kollegen erfahren haben, liegen auch nach der Hausdurchsuchung in Hamburg-Stelle keinerlei Hinweise vor, dass dort Sprengstoffe hergestellt oder gelagert worden sind. Ob er tatsächlich Sprengstoff an der Zugunterseite befestigt hat, werden wir in Kürze wissen. Ich bin mir jedoch sicher, dass sich meine Vermutungen bestätigen werden.«

Ein Bahntechniker betrat sichtlich besorgt den Raum und legte Kriminaldirektor Frey eine Mitteilung auf den Tisch. Ohne ein Wort verließ er den Raum wieder und ging zur Leitzentrale zurück, wo die Mitarbeiter angeregt diskutierten. Irgend etwas musste sich in der Zwischenzeit ereignet haben.

Hatte der Entführer seine Drohung etwa bekräftigt, den ICE in die Luft zu sprengen? Kriminaldirektor Frey ließ die Anwesenden nicht lange im Ungewissen.

»Soeben erreichte die Leitzentrale folgende Mitteilung, die ich Ihnen nicht vorenthalten möchte. Es heißt hier, dass neben einigen weiteren elektronischen Einrichtungen auch die Zug-Satellitenverbindung des ICE bis auf weiteres gestört bleibt. Außerdem ist auch noch die Klimaanlage vollständig ausgefallen. Der Grund dafür ist wahrscheinlich, dass die zentrale Lastverteilung an der Spannungsversorgung manipuliert hat. Ich bin froh, Ihnen mitteilen zu können, dass der Bavaria-Express den schwierigsten Streckenabschnitt bereits durchfahren hat. Er soll demnach den Scheitelpunkt des vielgefürchteten Zellinger Berges mit einer Geschwindigkeit von nur 123 Stundenkilometern erreicht haben. Allerdings steigt nun seine Geschwindigkeit wieder kontinuierlich. Vor ihm liegt ein weiterer Streckenabschnitt mit starkem Gefälle«, erläuterte Frey den aufmerksamen Zuhörern gegenüber.

»Sie werden mir sicherlich Recht geben, wenn ich für ein schnelles Ende der Entführung plädiere. Ich halte es für unverantwortlich, die Reisenden noch größeren Gefahren auszusetzen, als es ohnehin schon der Fall ist«, beendete Frey die Krisensitzung.

Die Einsatz- und Rettungsfahrzeuge wurden verfolgt von einer ganzen Schar Schaulustiger und Fotoreporter, sogar ein Fernsehteam war dabei. Die Einsatzkräfte der vierten Polizeihundertschaft der Würzburger Bereitschaftspolizei hatten alle Hände voll zu tun, um ungehindert das Gelände absperren zu können. Vorsorglich hatten sie gegen besonders hartnäckige Gaffer einen Wasserwerfer mitgeführt. Aus der Vergangenheit wusste man, dass die Sensationslust mancher Katastrophentouristen nicht anders zu zähmen gewesen war. Erst eine kalte Dusche hatte sie wieder zur Vernunft gebracht. Bereits wenige Minuten nach Eintreffen der Einsatzkräfte war man auf den ICE 4100 vorbereitet. Er sollte 200 Meter vor dem Bahnhof Rottendorf zum Halten gebracht werden. Die Strecke war nun in beiden Richtungen für jeglichen Zugverkehr gesperrt. Es herrschte nur für wenige Augenblicke eine unheimliche Ruhe an diesem Ort. Sie wurde durchbrochen von den immer lauter vernehmbaren Rotorgeräuschen herannahender Hubschrauber.

Kriminaldirektor Frey begab sich mit zwei Führungsgehilfen zum technischen Leiter der Leitzentrale, um mit diesem das weitere Vorgehen abzustimmen. Zuvor hatte er Beobachter nach Rottendorf entsandt, die nun im ständigen Funkkontakt mit dem Krisenstab standen.

»Wo genau befindet sich der ICE in diesem Augenblick?«, wollte Frey von einem Bahntechniker wissen, der vor einem Computer saß und etwas über die Tastatur eingab.

»Moment bitte! Gleich stehe ich Ihnen zur Verfügung. Ich gebe gerade die aktuellen Parameter für die Bremswegberechnung in den Hauptrechner ein. Der ICE benötigt diese Angaben, um mit einer neuen Bremsverzögerung exakt den Haltepunkt zu erreichen«, erklärte er Frey. Er wandte sich nicht einen Augenblick vom Monitor ab.

Frey hatte von dem, was ihm da gerade gesagt worden war, nicht allzu viel verstanden. Den Begriff Bremsverzögerung hatte er natürlich schon hier und da einmal gehört. Physik war jedoch nicht unbedingt seine Stärke gewesen. So überließ er die Einzelheiten auch diesmal lieber den Fachleuten.

»Also, der ICE befindet sich in diesem Augenblick bei Streckenkilometer 275,400 und wird in circa sechzehn Minuten an uns vorbeifahren. Nach weiteren 3 Minuten und 45 Sekunden erfolgt dann am Hauptsignal bei Kilometer 318,7 die Zwangsbremsung. Der Stillstand des Zuges wird gegen 11.13 Uhr erwartet. Dies wird exakt 210 Meter vor dem zweiten Hauptsignal am Bahnhof Rottendorf der Fall sein. Wir gehen davon aus, dass dabei ein Bremsweg von immerhin fast 2000 Metern zurückgelegt wird«, erläuterte der Bahntechniker Frey und dem Führungsgehilfen.

»Dieses kleine wandernde rote Rechteck, das Sie hier sehen können, symbolisiert den entführten ICE 4100. Jede Bewegung entspricht einem zurückgelegten Weg von 500 Metern. Und dieser Abschnitt auf dem Bildschirm stellt den gesamten Streckenverlauf bis zum Bahnhof Rottendorf dar. Die Fahrt des ICE wird genau an diesem Symbol beendet sein. Die jeweils verbleibende Restdistanz und Fahrzeit wird alle fünf Sekunden aktualisiert und auf diesem Bildschirm dargestellt«, erklärte der Bahntechniker noch ergänzend.

Je näher das Ende dieser nervenaufreibenden Entführung rückte, desto mehr konnte Frey seine innere Anspannung spüren. Eigentlich würde er jetzt in seinem Hotelzimmer sitzen, dachte er. Er würde sich, nach den vielen Fragen der Zuhörer eine längere Ruhepause gönnen und Zeitung lesen oder ein wenig spazieren gehen.

Er stellte plötzlich mit Verwunderung fest, dass er die ganze Zeit über, die er nun schon mit dieser Entführung zu tun hatte, nicht einen Augenblick an seine Familie gedacht hatte. Er hatte es auch nicht für erforderlich gehalten, seine Frau von diesem Einsatz zu unterrichten. Sie würde jetzt sicherlich die Tochter von der Schule abholen und dann das schöne Wetter nutzen, um ins Freibad zu gehen.

»Wenn dies hier alles erledigt ist, rufe ich sie gleich einmal zu Hause an«, nahm Frey sich vor.

Dass er kurzzeitig geistig abwesend war und immer wieder mit sich selbst redete, interpretierte er als eine natürliche Reaktion auf seine nervliche Anspannung. Schließlich war er seit den frühen Morgenstunden permanent gefordert gewesen. In letzter Zeit stellte er fest, dass sich sein Körper öfter als sonst mit dem einen oder anderen Wehwehchen bemerkbar machte. Solche Probleme erinnerten ihn deutlich daran, dass er keine zwanzig mehr war. Eine Tatsache, die er sehr ungern zur Kenntnis nahm, und die ihn gelegentlich auch beunruhigte.

»Betriebszentrale Würzburg Hauptbahnhof ruft Streckenposten Steinberg-Tunnel Richtungsgleis 1588.«

»Hier Streckenposten Steinberg-Tunnel.«

»Der ICE 4100 wird Ihre Position voraussichtlich in 15 Minuten erreichen. Der Zug hat soeben Kilometer 280,500 passiert, Einfahrt

Mühlberg-Tunnel. Die momentane Geschwindigkeit beträgt 140 Kilometer pro Stunde«, teilte die Leitzentrale mit.

»In spätestens zwölf Minuten müsst Ihr das Feld hier geräumt haben. Dann wird der ICE über die Kameras hinwegdonnern«, warnte der Streckenposten die Installateure, die hektisch daran arbeiteten, die zweite Videokamera genau auszurichten und in Betriebsbereitschaft zu schalten.

»Das wird aber verdammt knapp. Wir müssen noch einen Probelauf der Anlage fahren, damit wir sicher sein können, dass auch alles im Kasten ist, wenn der Zug hier eintrifft«, entgegnete ein Monteur, der die Scheinwerfer testete.

Während der Videoaufnahmen würden sie die Zugunterseite mit mehr als 5000 Watt taghell ausleuchten. Dadurch würde jede Schraube für die Kamera sichtbar werden. Die Videoaufnahmen würden ihnen sofort zeigen, ob sich tatsächlich eine Sprengladung an der Zugunterseite befand. Und das bei einer Vorbeifahrt des ICE von mehr als 180 Kilometer pro Stunde.

Der Streckenposten kontrollierte noch einmal die Funktionsbereitschaft des Zuggefahrenmelders. Schon fünf Kilometer vor dem Einfahren des ICE Bavaria-Express in den Steinberg-Tunnel würde er den Zug unüberhörbar ankündigen. Gleichzeitig würde den Streckenposten eine Aufforderung durch die Leitzentrale erreichen. Dies war dann eine letzte Chance, um das Räumen der Gleisanlagen von Betriebspersonal und Material zu veranlassen.

Nur so war es möglich, direkt im Gleis arbeitendes Personal vor dem Herannahen der Hochgeschwindigkeitszüge noch rechtzeitig zu warnen.

Einige Minuten zuvor hatte im wahrsten Sinne des Wortes eine heiße Phase für den Bavaria-Express begonnen. Der Bahntechniker war noch immer damit beschäftigt, die Daten aus dem Zugdatentelegramm auszuwerten. Dabei musste er feststellen, dass eine Achse unter dem zweiten Mittelwagen heißgelaufen war. Außerdem gab es noch das Kühlproblem des Haupttransformators, das er nun schon seit mehr als einer Stunde mit Sorge beobachtete.

»Es wird allerhöchste Zeit, ihn abzubremsen, bevor noch Schlimmeres passiert«, äußerte der technische Leiter. Er war mittlerweile sehr beunruhigt.

»Er hat es bald geschafft. Der ICE erreicht gerade die Maintal-Brücke. In gut sieben Minuten ist der Spuk endlich vorbei. Und bis dahin wird er ja wohl noch durchhalten«. Sein Kollege war spürbar um Zuversicht bemüht.

Kriminaldirektor Frey hatte in den letzten Minuten die Anzeige auf dem Monitor nicht mehr aus den Augen gelassen. Gebannt starrte er auf den Bildschirm, wo sich die Fahrt des ICE 4100 mitverfolgen ließ. Er raste mit einer Geschwindigkeit von 178 Stundenkilometern auf den Haltepunkt Rottendorf zu. Bis dorthin waren es immerhin noch zwölf Kilometer.

»Was geht wohl in dem Kopf dieses Entführers vor sich?«, grübelte Frey.

Noch immer sinnierte er über die Ernsthaftigkeit der Bombendrohung. Der Gedanke daran hatte ihn gerade jetzt wieder eingeholt, und vor seinem geistigen Auge konnte er sich plastisch ausmalen, was geschehen würde, wenn...

Vielleicht hatte er den Entführer unterschätzt, seine Gewaltbereitschaft und Entschlossenheit einfach nicht wahrhaben wollen. Frey begann, an seiner Vorgehensweise zu zweifeln, je mehr sich der Bavaria-Express dem Haltepunkt näherte.

Wenige Minuten, nachdem die computergesteuerten Videokameras ihren Probelauf erfolgreich beendet hatten, kam auch schon, begleitet vom Warnsignal des Zuggefahrenmelders, die Meldung: der ICE nähert sich.

»Noch fünf Kilometer, dann ist er da!«, rief der Streckenposten den Installateuren zu.

Sie hatten inzwischen die Arbeiten im Gleis beendet. Nun befanden sie sich in ihrem Servicefahrzeug, das nur wenige Meter von der Tunnelausfahrt entfernt stand. Dort überwachten sie auf den Monitoren, ob die Videoanlage einwandfrei funktionierte.

Noch einmal sah der Streckenposten in den kaum beleuchteten Steinberg-Tunnel. Er konnte dabei im Dunkeln drei helle Punkte ausmachen. Der Geräuschpegel, der kontinuierlich zunahm, kündigte den einfahrenden Zug an. Und bereits wenige Augenblicke später näherte sich der entführte ICE 4100 mit circa 180 Kilometer pro Stunde dem Ende des Steinberg-Tunnels.

»Da ist er!«, rief ein Bahntechniker ganz aufgeregt.

Auf dem Monitor einer Video-Überwachungsanlage war der entführte Bavaria-Express ebenfalls zu sehen. Mehr als ein Dutzend Kameras im gesamten Abschnitt des Würzburger Hauptbahnhofs hatten ihn nun im Visier. Als der ICE direkt an der Leitzentrale vorbeifuhr, konnte man für einen kurzen Augenblick schemenhaft zwei Personen im Führerstand wahrnehmen.

Der Entführer hält sich also noch immer bei Kronberger auf, schlussfolgerte Kriminaldirektor Frey und ließ diese Beobachtung sofort über Funk den Kollegen am Haltepunkt mitteilen.

Bereits wenige Sekunden später schwenkte der ICE in einer leichten Linkskurve auf das Hauptgleis 1566 ein. Er verließ den Leitstellenbereich an der südöstlichen Stadtgrenze und steuerte nun mit einer Geschwindigkeit von mehr als 180 Stundenkilometern auf den Haltepunkt Rottendorf zu.

Die Nerven der Mitarbeiter in der Leitzentrale waren aufs Äußerste angespannt. Das Schicksal von mehr als 200 Menschenleben stand auf dem Spiel. Zu keinem anderen Zeitpunkt war die Situation so brisant gewesen wie jetzt. Was würde mit dem ICE 4100 Bavaria-Express in den nächsten Minuten geschehen? Niemand in der Leitzentrale wagte darüber zu spekulieren.

»Noch 15 Sekunden bis zur Zwangsbremsung«.

Der technische Leiter begann die verbleibende Zeit monoton und mit gleichbleibender Lautstärke, herunterzuzählen.

»Fünf, vier, drei…«

»Volltreffer!«, antwortete ein weiterer Bahntechniker.

»Die Zwangsbremsung ist punktgenau erfolgt.«

»Noch 1800 Meter bis zum Stillstand. Geschwindigkeit 159 Km/h«.

Kriminaldirektor Frey merkte, wie er sich verkrampfte und seine Hand sich fest wie eine Klammer um sein Funkgerät schloss. Unweigerlich näherte sich der Moment, in dem die kritische Geschwindigkeit von 120 Kilometern pro Stunde unterschritten wurde.

»Geschwindigkeit 105 Kilometer pro Stunde, bei gleichbleibender Bremsverzögerung«.

Ganz allmählich löste sich die Spannung im Raum.

Frey hatte Recht behalten. Die Bombendrohung des Entführers war also doch nichts weiter als ein Bluff gewesen. Sie waren dem Entführer auf den Leim gegangen.

»So ein Sauhund!«, fluchte Frey.

»Drei Sekunden bis zum Stillstand, zwei …. »

»Stillstand des ICE 4100 ist soeben am Haltepunkt in Rottendorf bei Kilometer 318.550 erfolgt.«

Die Mitarbeiter der Leitzentrale atmeten auf.

Mit erhobenen Daumen signalisierten sie das Ende des geglückten Einsatzes.

Es war genau 11.13 Uhr und 30 Sekunden...

Am darauffolgenden Tag erschien in der Würzburger Main-Post folgender Artikel:

Geistig verwirrter Mann entführt ICE!

Ein offenbar geistig verwirrter 39-jähriger Mann hat gestern in den frühen Morgenstunden einen ICE der Deutschen Bahn AG in seine Gewalt gebracht. Kurz nachdem der Zug den Hamburger Hauptbahnhof verlassen hatte, bedrohte der Mann den Lokführer mit einer Waffe und drohte, den Zug in die Luft zu sprengen, wenn man seinen Anweisungen nicht Folge leisten würde.

Das Bundeskriminalamt richtete daraufhin in der Leitzentrale des Würzburger Hauptbahnhofs einen Krisenstab ein. Beamte und Psychologen des BKA nahmen sofort Kontakt mit dem Täter auf. Über die Forderungen des Entführers liegen keine Informationen vor.

Wegen erheblicher technischer Probleme, die sich während der mehr als dreistündigen Entführung bemerkbar machten, entschloss sich der Krisenstab, den ICE im Bahnhof Rottendorf durch eine Zwangsbremsung zu stoppen.

Bei der Erstürmung des ICE-Triebkopfes durch Beamte des Sondereinsatzkommandos Würzburg wurde der Entführer von einem SEK-Beamten durch mehrere Schüsse tödlich verletzt. Er hatte während der Festnahme plötzlich mit einer Waffe auf die Beamten gezielt.

Bei der Tatwaffe handelte es sich, wie erst später bekannt wurde, lediglich um eine nicht geladene Schreckschusspistole.

Der Lokführer erlitt während der Erstürmung des ICE einen Herzinfarkt und musste mit dem Rettungshubschrauber in eine Spezialklinik geflogen werden. Dort verstarb er am frühen Nachmittag.

Eine unbekannte Anzahl von Reisenden musste in die umliegenden Krankenhäuser eingeliefert und wegen akuter Kreislaufprobleme behandelt werden. Die Beschwerden waren darauf zurückzuführen, dass die Klimaanlage im ICE ausgefallen war und die Abteile dadurch nicht mehr mit Frischluft versorgt werden konnten. Die Innentemperatur des Zuges soll nach Angaben eines Bahnsprechers binnen kürzester Zeit auf über 30 Grad Celsius angestiegen sein.

Der Zugverkehr wurde entlang der gesamten Neubaustrecke Hannover-Würzburg durch wartende und umgeleitete Züge erheblich behindert. Nach Auskunft der Deutschen Bahn AG kann es auch heute noch zu Verspätungen und Unregelmäßigkeiten im Zugverkehr kommen. Voraussichtlich erst ab morgen werden dann die Fernreisezüge zwischen Hamburg und München wieder fahrplanmäßig verkehren. (s.k.)

Nachwort

Die Deutsche Bahn-AG reagierte schon wenige Tage nach der spektakulären Entführung des ICE 4100 mit einer Reihe von Vorkehrungen.
So haben ab sofort nur noch diejenigen Personen Zugang zu den ICE-Triebköpfen, die im Besitz einer speziellen Magnetkarte sind. Diese wird dem Betriebspersonal mit einer persönlichen Codenummer ausgehändigt.
Es gibt keine Verbindungstür mehr zwischen dem Serviceabteil und dem Betriebsraum, in dem sich die hochempfindliche Elektronik und deren Steuereinrichtungen befinden.
Das Zugbegleitpersonal hat ab sofort mit dem Zugführer nur noch über die Bordsprechanlage Kontakt.
Chefzugbegleiter Schuhmacher wurde wegen »gravierenden Unregelmäßigkeiten im Dienst« gekündigt. Ein Auflösungsvertrag - im beiderseitigem Einvernehmen - entließ ihn bereits vierzehn Tage nach der Entführung in die Arbeitslosigkeit.
Die Psychologin beim Bundeskriminalamt, Frau Claudia Berghoff-Rietmüller, wurde kurz nach den dramatischen Ereignissen wenig später zur Hauptabteilungsleiterin befördert (Abt. III/ psychologische Kriminalitätsbekämpfung und Kriseninterventionsdienst BKA Wiesbaden).
Kriminaldirektor Frey übernahm schließlich eine ständige Beraterfunktion im Bundesinnenministerium. Initiiert wurde diese berufliche Veränderung durch Bemühungen des Staatssekretärs Heusler. Dieser wechselte zum Ministerium für Forschung und Raumfahrt.
Die Polizei-Sondereinsatzkommandos haben ihre Ausbildungspläne erweitert. Sie trainieren nun auch das Erstürmen von Hochgeschwindigkeitszügen unter äußerst realistischen Bedingungen.

Anhang I : Der Abschiedsbrief des Entführers

Dieser Abschiedsbrief ist zugleich eine Kurzbiographie.
Er wurde in der Wohnung Travemünder Strasse 12 in Hamburg-Stelle während der Hausdurchsuchung am 28.7.1994 sichergestellt.
Er trägt das Datum des 20.7.1994, wurde also acht Tage vor der Entführung des ICE 4100 verfasst:

Hans-Werner Fiedler　　　　*Stelle, den 20.7.1994*
Travemünder Strasse 12　　*Telefon: 040-3529950*
20431 Hamburg-Stelle　　　*Fax　: 040-3529955*

Mein Name ist Alexander Fiedler, exakter: Alexander Hans-Werner Fiedler. Geboren wurde ich am 18. Mai 1955, einem Donnerstag, in Schleswig, ohne große Komplikationen, und genau um 10.30 Uhr. Ich wuchs in dem kleinen Ort Silberstedt auf, in dem meine Eltern ein Haus hatten. Meine ersten Lebensjahre verliefen eigentlich so wie bei den meisten Kindern auf dem Lande. Die Umgebung war dort ideal für Indianerspiele, Radausflüge, Badevergnügen, Drachensteigen und vieles andere mehr, was man in einer Stadt nicht so ohne weiteres tun konnte.

»Es ist eine vergoldete Kindheit, so frei und ungezwungen auf dem Lande aufwachsen zu können«, hat mein Vater einmal ziemlich pathetisch gesagt. Er verdiente als Vorarbeiter in einer Maschinenfabrik in Schleswig den Unterhalt für die Familie. Na ja, das mit der vergoldeten Kindheit war nicht von langer Dauer, wie ich bald feststellen musste.

Der erste Teil meiner Kindheit, oder besser gesagt, die Zeit bis zum Besuch der Grundschule, ging für mich wie im Schnelldurchlauf vorüber. Im Sommer 1962 stand ich stolz und voller Erwartungen auf dem Schulhof unserer Dorfschule; beladen mit einer Schultüte, die fast so groß war wie ich selbst und über deren Inhalt ich mich die darauffolgenden Tage hermachte.

Mit dem Tag der Einschulung sollte der Ernst des Lebens beginnen... so oder ähnlich sagten es die Erwachsenen mir und den 29 anderen Erstklässlern. Die Grundschule zu Silberstedt, oder vielmehr deren Lehrerschaft, hatte sich da einiges für die nächsten sechs Jahren vorgenommen. Schließlich sollte ich brav und anständig schreiben, lesen und rechnen lernen. Ein ehrgeiziges Projekt, das sich für beide Seiten nicht immer einfach und ohne Komplikationen gestaltete. Hin und wieder war ich ziemlich faul. Und das Interesse gerade an Dingen, die noch nicht auf dem Stundenplan standen, ließ so manche Schulaufgaben in Vergessenheit geraten - zum Ärger der Lehrer und zu meiner eigenen Freude.

Am Zeichnen und an der Mathematik hatte ich großes Interesse. Aber in Geschichte und Handwerken brachte ich mehr oder weniger mittelmäßige Leistungen zuwege.

Ich entwickelte im Laufe der Jahre eine Tendenz zur Präzision und Genauigkeit. Dieser Hang wurde mir eigentlich zunächst gar nicht recht bewusst, sollte jedoch für mein späteres Leben von entscheidender Bedeutung werden.

Nachdem ich die ersten sechs Grundschuljahre hinter mich gebracht hatte, stand ein Schulwechsel an. Dies war ein Resultat der vergangenen Jahre, meiner persönlichen Entwicklung, aber auch der Leistungen, die ich in der Schule erbracht hatte.

In erster Linie waren es meine Eltern, die darüber entschieden, in zweiter Linie die Lehrer mit den Zensuren, die ich erhielt. Ich kam an letzter Stelle, wenn ich mich recht erinnere, mit meiner Entscheidung, die Realschule in Schleswig zu besuchen. Meine Begabungen und Fähigkeiten sollten nicht einfach so verkümmern; ich sollte in meinen Talenten gefördert werden. Das jedenfalls hatte der Schulrat gegenüber meinen Eltern geäußert.

Die folgenden fünf Jahre waren geprägt von erfreulichen Begebenheiten, Lob und Hoffnung einerseits, aber auch Enttäuschungen und Traurigkeit andererseits. Sie ließen mich zu einem verantwortungsvollen Menschen heranwachsen.

In dieser Zeit lernte ich die ersten Kämpfe mit meinen Mitschülern, Lehrern und Eltern auszutragen. Zwar nicht immer zeitgleich, aber stets mit dem Ziel, siegreich zu sein, was mich lehrte, meine Ziele egoistisch und entschlossen zu verfolgen und in Taten umzusetzen. Wegen dieser Durchsetzungskraft und meinem starken Willen beäugten mich die Menschen in der näheren Umgebung mit einer gewissen Distanz.

In diese Zeit fiel auch meine erste große Liebe. Zunächst empfand ich sie als sehr schön. Aber schon wenig später war nichts davon geblieben als eine schmerzhafte Erfahrung. Ich hatte mich in eine Mitschülerin verliebt, die in die Parallelklasse ging und Marion hieß. Wir hatten uns in einer Pause zum ersten Mal gesehen. Und ohne viel gesagt zu haben, wer wir sind und woher wir kommen, hatte es zwischen uns beiden einfach gefunkt. Es war wie bei einem Kurzschluss.

Eben eine heftige, von Leidenschaft getragene Beziehung zwischen zwei fünfzehnjährigen Realschülern. Eine Beziehung, die genau sechs Wochen und drei Tage dauern sollte. Wir erlebten unzählige Momente des Glücks und das Gefühl der Unzertrennlichkeit. Dennoch endete diese erste Liebe so unerwartet, wie sie begonnen hatte. Ohne Vorankündigung, ohne jegliche Erklärung, ohne Warnung. Das Ende dieser intensiven Beziehung kam abrupt. Da war kein Aufwiedersehen. Mir blieb nur der Hinweis eines Mitschülers, meine Freundin sei nach Hamburg gezogen - und ich musste mich damit abzufinden, sie zu vergessen. Es war eine Erfahrung, die drohte, mich aus dem Gleichgewicht zu bringen. Mir wurde klar, dass die Beziehung zwischen zwei Menschen stets etwas Endliches sein muss, etwas, das jeden Moment der Vergangenheit angehören kann und folglich auch keinerlei Anspruch auf Besitz begründet. Eine Erfahrung, die mit sehr viel Kraft, Tränen und Einsicht zu tun hatte. Sie offenbarte mir eine andere Seite des Lebens, die ich bis dahin noch nicht gekannt hatte.

Nur ein halbes Jahr später kam der nächste Schlag. Ich wurde am Nachmittag des 10. August 1972 vom plötzlichen und für uns alle unerwarteten Tod meines Vaters unterrichtet. Seine Arbeitskollegen sollen noch vergeblich versucht haben, ihn durch Erste-Hilfe-Maßnahmen wieder ins Leben zurückzuholen. Er erlag einem akuten Herzversagen. Wir alle mussten das

Unbegreifliche zu begreifen versuchen, erlebten diese Konfrontation mit Tod und Abschiednehmen.

Es folgte nun eine Zeit, die für mich, und ganz besonders für meine Mutter, geprägt war von Gefühlen der Sinnlosigkeit, des Leids und immer wieder aufbrechender Trauer. Sie verlangte uns beiden sehr viel mehr ab, als wir jemals geglaubt hätten aushalten zu können. Einen Vater zu verlieren, ist schon schwer genug. Ihn jedoch so früh und dann hergeben zu müssen, wenn man ihn am nötigsten braucht, trifft einen umso härter. Es reißt die Hinterbliebenen fast mit in den Tod. Zumindest fühlte es sich für eine gewisse Zeit so an.

Ich brauchte drei volle Jahre, um mich mit seinem Tod abzufinden und ihn akzeptieren zu können.

Meine Mutter litt ebenfalls sehr lange unter dem Verlust ihres Mannes, auch wenn sie es mir gegenüber oftmals nicht eingestehen wollte. Und dann brach sie doch immer wieder in Tränen aus, wenn wir von meinem Vater redeten, als wäre er noch unter uns. Sie hatte die Angewohnheit, alles mit sich selber auszumachen, ihre Probleme als ein Teil ihrer selbst zu betrachten, sie unter keinen Umständen preis zu geben und niemanden an sich heranzulassen. Ich begann mir ernsthafte Sorgen um sie zu machen. Manchmal dachte ich, meine Mutter könnte an ihren ständigen Grübeleien und Selbstvorwürfen zugrunde gehen. Diese ewigen Fragen, warum ausgerechnet mein Vater sterben und er uns schon mit 45 Jahren verlassen musste, ließen sie fast wahnsinnig werden.

Auch wenn mich dieser Verlust zeitweise aus der Bahn zu werfen drohte, verlief mein Leben in Schule und Ausbildung doch in vorgezeichneten Bahnen. Zunächst schloss ich die Realschule ab, dann begann ich eine Lehre als Vermessungstechniker beim Kartographischen Amt in Schleswig.

Gerade mal 17 Jahre alt, hatte ich schon einiges erlebt, und seit dem Tod meines Vaters auch die weniger guten Seiten des Lebens zu spüren bekommen. Vielleicht war es die Verantwortung, die ich für meine Mutter zu haben glaubte, dieses Gefühl, mich ständig um sie kümmern zu müssen. Vielleicht war es aber auch die unbewusste Angst vor neuen Niederlagen oder Verlusten, die ich auf mich zukommen sah. Meine Unbekümmertheit und die Freude an alltäglichen Dingen hatte ich weitgehend eingebüßt. Ich war zu einem ernsten und nachdenklichen Menschen geworden, ohne dass ich es eigentlich so richtig wahrgenommen hatte.

Das einzige, was mir wirklich noch Spaß machte, war das Interesse an meinem Beruf. Schon nach der Lehre als Vermessungstechniker stand für mich fest, dass ich in dieses Fachgebiet unbedingt noch tiefer und intensiver einsteigen musste.

Im Jahr 1973 belegte ich den Studiengang Wissenschaftliche Vermessungslehre und Kartographie an der Fachhochschule in Hamburg. Und wenn ich es mir im nachhinein einmal genau überlege, war es die interessanteste und aufregendste Zeit, die ich je in meinem Leben hatte. Die Semester vergingen wie im Flug.

Nach drei Auslandsaufenthalten und Exkursionen von den Alpen bis an die Nordsee kam ich mir manchmal eher vor wie ein Student der Touristik, als einer der Vermessungswissenschaften und Kartographie.

Als ich dann im Frühjahr 1977 den Abschluss als Diplom-Ingenieur in der Tasche hatte, war auch meine finanzielle Zukunft gesichert. Bis zu diesem Zeitpunkt hatte ich von Nebenbeschäftigungen aller Art gelebt. Das Geld für die täglichen Brötchen und die Miete zu beschaffen, war immer wieder ein Problem, mit dem ich mich herumschlagen musste.

Es genügten schon zwei Bewerbungsschreiben, um eine Anstellung als Sachbearbeiter beim Kartographischen Amt in Schleswig zu bekommen. Im ersten Projekt, das ich zu betreuen hatte, mussten die Uferbefestigungen der Elbe von Brunsbüttel bis Lauenburg neu vermessen werden. Dafür waren eine Zeitspanne von zehn Monaten vorgesehen und ein Budget von 750.000 DM eingeplant, mit dem ich auszukommen hatte. Dass ich verantwortlich zeichnete für dieses Projekt und mir dabei fünf Mitarbeiter zur Seite standen, betrachtete ich als großen Vertrauensvorschuss meines Amtes.

Schon kurz nachdem das Projekt abgeschlossen war, holte mich der Ruf der Bundeswehr ein. Zunächst wurde ich für drei Monate zum Marine-Geschwader Lübeck einberufen, um dann als Offiziersanwärter ein weiteres Jahr auf der Fregatte Wilhelmshaven dem Minensuch- und Räumkommando unterstellt zu werden. Auch wenn mein Arbeitsalltag dort nicht allzu viel mit meinen beruflichen Kompetenzen und Zielen zu tun hatte, konnte ich der Zeit doch eine ganze Menge guter Seiten abgewinnen, an die ich mich gern zurückerinnere.

Nach dem Wehrdienst arbeitete ich erst noch eine Zeit weiter beim Kartographischen Amt, bis ich ein vielversprechendes Angebot einer Privatfirma annahm.

Mein neuer Arbeitgeber stellte mich als Teilhaber seiner Firma ein. Dieses Unternehmen hatte in ganz Europa Filialen und besaß das weltweit alleinige Vertriebsrecht für ein satellitengesteuertes Vermessungssystem, das in der Lage war, Vermessungen von beliebigen Objekten auf der Erde in nur wenigen Sekunden hochgenau durchzuführen, und dies mit minimalen Fehlertoleranzen. Die Gewinne, die mit dem Vertrieb dieses Systems erzielt wurden, lagen im zweistelligen Prozentbereich.

Ich zögerte allein schon deswegen nicht lang, die Stellung anzunehmen, weil sich mein Gehalt verdreifachen sollte. Den Wechsel in diese Firma sah ich aber auch als Herausforderung an. Wie sich nur wenig später herausstelle, sollte diese Entscheidung auch eine gravierende Veränderung in meinem Privatleben mit sich bringen.

Ich lernte nämlich auf einer der zahlreichen Begegnungen mit Geschäftspartnern meine spätere Ehefrau Christiane kennen. Sie war Chefsekretärin in unserer Niederlassung in München und wechselte kurz darauf in das Stammhaus nach Hamburg-Stelle.

Mit ihrer erfrischenden Art und ihrem sportlichen Elan konnte sie ihre Umgebung so richtig motivieren. Diese ungezwungene und natürliche Art, faszinierte mich an ihr genauso wie ihre blauen Augen und die langen, dunkelblonden Haare. Sie hatte etwas an sich, das Lebensfreude und Aktivität ausstrahlte.

Ich empfand sofort Sympathie und sehr rasch eine intensive Zuneigung, und sie erwiderte sie auf eine besonders angenehme Art. Unsere Beziehung entwickelte sich in rasantem Tempo; wir wurden ein Liebespaar, das nichts auf der Welt trennen konnte. Zwar konnten wir uns gelegentlich einige Tage nicht sehen, aber um so mehr festigte sich unsere Beziehung. Und so waren wir schon ein halbes Jahr später verlobt.

Wir organisierten unsere Arbeitszeiten so, dass wir viel Zeit miteinander verbringen konnten. Es verging auch fast kein Wochenende, an dem wir nicht gemeinsam etwas unternahmen. Unseren ersten Urlaub verbrachten wir schließlich auf der Insel Zypern und erlebten dort miteinander eine unglaublich schöne Zeit. Wenige Monate später heirateten wir.

Ich erinnere mich noch sehr genau an den Tag, an dem ich von meiner Frau im Büro angerufen wurde. Sie bat mich, unbedingt gleich nach Hause zu kommen, da sie eine Überraschung für mich hätte, die sie mir am Telefon nicht verraten wollte.

»Du wirst es einfach nicht glauben, aber ich bekomme ein Baby. Ja, Du hast richtig gehört. Du wirst Vater«, hatte sie mit Tränen in den Augen zu mir gesagt.

Es war ein Augenblick, den ich nie vergessen werde. Unser gemeinsames Leben versprach, noch schöner zu werden, als es ohnehin schon war, seit wir uns kennen gelernt hatten. Wir begannen unsere Zukunft, ja unser gemeinsames Leben noch intensiver zu planen, mit dem Ziel, eine glückliche Familie zu werden. Christiane sollte es an nichts fehlen.

Sie kündigte ihre Arbeitsstelle, als sie im vierten Monat schwanger war. Christiane sollte sich auf unser Kind freuen können, ohne tagsüber ihrem stressigen Job nachgehen zu müssen.

Um in unmittelbarer Nähe meiner Familie sein zu können, kauften wir uns nahe der Firma einen Bungalow in guter Wohnlage. Es war eigentlich ein richtiger Glücksstreffer. Ein Arbeitskollege hatte uns den Kauf dieses Hauses kurzfristig vermittelt. Ich brauchte nun kaum mehr als zehn Minuten, um von der Firma nach Haus zu meiner Familie zu kommen. Ich sprach mit der Firmenleitung und erreichte es, mein Aufgabengebiet so abändern zu lassen, dass ich meine Arbeitszeiten noch flexibler gestalten konnte als vorher. Dadurch hatte ich an allen Wochenenden frei und musste kaum noch auf Geschäftsreisen gehen.

So konnte ich viel Zeit mit meiner Frau und unserer Tochter Melanie verbringen. Manchmal musste ich selbst darüber schmunzeln, zu was für einem treusorgenden Familienvater und Ehemann ich mich entwickelt hatte.

Weil ich meine Prioritäten so stark von der Firma weg aufs Privatleben verlagert hatte, erfuhr ich nur durch einen Zufall, wie immer häufiger in der Firmenleitung über ernsthafte interne Probleme diskutiert wurde. Was ich nicht ahnte: Schon zu diesem Zeitpunkt zeichneten sich Auswirkungen auch auf meine berufliche Zukunft ab. Natürlich hatte ich damals hin und wieder von Schwierigkeiten auf dem europäischen Absatzmarkt gehört. Doch die sollten ja wohl allein durch den Kursverfall des amerikanischen Dollars hervorgerufen worden sein. Jedenfalls begründete man damit die anhaltenden Probleme in der Firma. Niemand setzte mich davon ins Bild, dass diese Schwierigkeiten bereits ein Ausmaß angenommen hatten, das bald auch meine Existenz, und damit die meiner Familie, ernsthaft gefährdete.

Vielleicht hatte ich bestimmte Dinge auch einfach nicht wahrhaben wollen. Denn schließlich kümmerte ich mich ja zeitweise mehr um das Haus, an dem ich übrigens sehr viel arbeitete. Und natürlich verbrachte ich viel Zeit mit Christiane und unserer kleinen Melanie. Sie war mittlerweile schon fünf Jahre alt.

Ich erinnere mich noch sehr genau an jenen Montagmorgen, als die Firmenleitung völlig überraschend die gesamte Belegschaft zu einer außerordentlichen Betriebsversammlung geladen hatte. Es herrschte eine Atmosphäre der Wut und der Ohnmacht unter der Belegschaft: Die Betriebsleitung teilte uns emotionslos mit, sie sei gezwungen, kurzfristig einen Großteil der Belegschaft freizusetzen, wie sie es nannte. Schuld daran sei ein neuartiges Produkt aus einem fernöstlichen Land, das den Markt innerhalb von nur wenigen Wochen regelrecht ruiniert hätte. Unser Produkt sei somit von heute auf morgen nahezu überflüssig geworden. Hinter vorgehaltener Hand wurde allerdings gemunkelt, dass auch Nachlässigkeiten in Marketing und Entwicklung zu dieser Situation beigetragen hätten.

In den nächsten drei Monaten entließ die Firma dann mehr als vierzig Prozent der Beschäftigten im Stammhaus Hamburg-Stelle.

Um meinen Arbeitsplatz mit den großzügigen sozialen Leistungen und vielen Annehmlichkeiten hatte ich mit der Firmenleitung tagelang kämpfen müssen. Dass ich gerade eine Familie gegründet und hohe finanzielle Belastungen durch den Hauskauf auf mich genommen hatte, waren letztlich ausschlaggebende Argumente dafür gewesen, mich vorläufig noch weiter zu beschäftigen. Mit einer ganzen Reihe von Zugeständnissen musste ich mich einfach abfinden.

So blieb mir zum Beispiel nichts anderes übrig, als das ich mich mit unbezahlten Überstunden einverstanden erklärte, die nur durch Freizeit ausgeglichen werden konnten. Trotzdem war mir mein Arbeitsplatz nicht sicher. Zum ersten Mal spürte ich Existenzängste in mir, die sich im Laufe der Zeit wie ein Geschwür auszubreiten schienen.

Ich litt zunehmend unter dem schlechten Betriebsklima und hatte Mühe, meine Unzufriedenheit vor anderen zu verbergen. Mehr denn je suchte ich meine Familie als Halt und Ort der Geborgenheit, um diesen Belastungen überhaupt widerstehen zu können. In mir baute sich ein Druck auf, und der drohte irgendwann zu einem kritischen Wert anzusteigen.

Dass ich dann unter diesem Druck die Beherrschung verlor und explodierte, war der Anfang einer persönlichen Katastrophe.

Es war so unvorstellbar und schrecklich, dass ich einfach nicht begreifen konnte und wollte, was sich in unmittelbarer Nähe unserer Firma ereignet hatte.

An jenem Morgen des 28. Juli 1993 hatte ich wieder einmal, wie so oft in letzter Zeit, einen heftigen Streit mit Christiane gehabt. Dabei ging es anfangs um das leidige Thema Geld, und dass meine Firma erneut mit einer längst überfälligen Lohnzahlung in Verzug war.

Im Verlauf dieser Auseinandersetzung hatte ich Christiane mehrmals heftig angeschrien, worauf sie wiederum ausfallend geworden war. Ein Wort ergab das andere.

Schließlich platzte sie im völlig ungeeigneten Moment mit der Information heraus, dass sie erneut schwanger sei. Sie wollte es mir eigentlich gar nicht sagen, zumindest nicht zu diesem Zeitpunkt, hatte ich das Gefühl gehabt.

Was ich ihr jedoch daraufhin alles an den Kopf geworfen haben muss, weiß ich im einzelnen nicht mehr so genau. Irgendetwas von Abtreibung oder ähnliches muss es wohl gewesen sein, als ich außer mir vor Wut fluchtartig das Haus verließ, um in die Firma zu fahren.

Und ausgerechnet nach solch einem Streit kam Christiane auf eine Versöhnungsidee. Im Nachhinein habe ich dies als einen Beweis dafür gesehen, wie sehr sie mich trotz aller Probleme und extremer Meinungsverschiedenheiten während der vergangenen Zeit geliebt haben musste.

Gemeinsam mit meiner Tochter Melanie wollte sie mich offensichtlich ganz spontan mit einem Picknick am nahe gelegenen Baggersee überraschen. Doch diese sollte sich zu einer tödlichen Exkursion für Christiane und Melanie entwickeln. Beide waren bereits auf dem Wege zu meiner Firma, um mich nach Feierabend abzuholen, während ich mehrmals vergeblich versucht hatte sie telefonisch zu erreichen.

Ich wollte ihr sagen, wie leid es mir täte, sie so angeschrien und beleidigt zu haben. Und dass ich mich nun ernsthaft nach einer anderen Stelle umsehen würde, damit endlich diese Angst vor unbezahlten Rechnungen ein Ende nähme. Und natürlich, dass ich mich wahnsinnig auf unser zweites Kind freute. Ich wollte ihr an diesem Nachmittag noch so vieles sagen. Doch dazu hatte ich keine Gelegenheit mehr.

Der Nachmittagszug mit der Laufnummer ICE 788 von Hamburg nach Frankfurt hat gegen 14.30 Uhr von einer auf die andere Sekunde mein ganzes Glück und meine ganze Hoffnung ausgelöscht. Eine bedrückende Ahnung hatte sich in mir bemerkbar gemacht, noch bevor mich die Realität durch zwei Kripobeamte eingeholt hatte. Als mich einer von ihnen fragte, ob ich den blutverschmierten Teddybären, den er in der Hand hielt, als das Spielzeug meiner Tochter Melanie wiedererkennen würde, war mir sofort klar, was zuvor geschehen sein musste.

Von diesem Tage an begann ich alles zu tun um bald meiner Ehefrau Christiane und meiner Tochter Melanie zu folgen. Den Plan, den ich dafür mit einer akribischen Genauigkeit und Präzision monatelang ausarbeitete, sollte es mir ermöglichen, auf ähnliche Art und Weise aus diesem Leben zu gehen, wie es zuvor meiner Familie widerfahren war. Ich glaube nur in ihrer Nähe je wieder ein zufriedenes und glückliches Leben führen zu können.

Ein Leben nach dem Tode...

Anhang II : Ein Arbeitskollege des Entführers

Bereits wenige Tage nach der Entführung des ICE 4100 vernahm die Sonderkommission *ICE* der Kriminalpolizei den engsten Vertrauten des Entführers und ehemaligen Arbeitskollegen.

Das vollständige Vernehmungsprotokoll wird hier ebenfalls unkommentiert wiedergegeben. Es dokumentiert eindrucksvoll und tragisch zugleich, wie Menschen einerseits glauben, alles voneinander zu wissen, andererseits aber nicht in der Lage sind, Verhaltensweisen in Extremsituationen realistisch einzuschätzen. Auf die Idee, Fiedler könnte einen Reisezug entführen, wäre sein Arbeitskollege jedenfalls nie gekommen...

Vernehmungsprotokoll K311 –Kripo Hamburg – SOKO »ICE« Zeugenaussage des Herrn Bernd Wagner 12.08.1953* in Lübeck, wohnhaft Sophienallee 48, Hamburg-Eimsbüttel

»Ich habe Alexander Fiedler im Frühjahr 1988 während eines Projektes unserer Firma in Hamburg-Stelle kennen gelernt. Er war damals Projektleiter und ich war von ihm engagiert worden als Mitarbeiter oder, wenn Sie so wollen, als Zuarbeiter.

Zunächst machte Alexander auf mich den Eindruck eines sehr korrekten und äußerst gradlinigen und ehrgeizigen Kollegen. An ungeklärten Situationen und Vorgängen, die im Zusammenhang mit seiner Aufgabe als Projektleiter und Verantwortlichem zu tun hatten, biss er sich manchmal regelrecht fest. Ich hatte daher schon das Gefühl, dass er einen gewissen Hang zum Perfektionismus hatte. Das meinten auch einige Kollegen.

Es war jedoch mehr als nur normaler Ehrgeiz. Ich sah darin eher einen Aktionismus, der in Richtung Besessenheit oder Fanatismus zu gehen schien. Es dauerte eine ganze Weile, bis ich Alexander etwas besser kennen lernte.

Ich erinnere mich noch genau, wie er sich eines Mittags in der Betriebskantine zu mir setzte und mich auf die Mitarbeiterin Frau Schneider ansprach, der er großes Interesse entgegenbrachte. Normalerweise beschäftigten ihn am Mittagstisch ausschließlich seine Projekte. Aber an diesem Tag waren solche Gedanken wie aus seinem Gedächtnis gefegt. Es gelang Alexander, mir in den nächsten Tagen nahezu alles über diese Kollegin zu entlocken. Er löcherte mich regelrecht mit seinen Fragen. Ich konnte ihm schon einiges über sie berichten, denn Frau Schneider war schließlich eine Zeit lang als Projektsekretärin in unserer Filiale in München beschäftigt gewesen. Dort hatte sie ausschließlich Teamleitersitzungen protokolliert, und so haben wir zwangsläufig eine nicht unerhebliche Zeit - zumindest beruflich - miteinander verbracht.

Ich vermutete schon, dass Alexander irgendwie Schwierigkeiten mit Frauen hatte. Und ich fragte mich die ganze Zeit, warum er diese Kollegin, die er offenkundig nett und attraktiv fand, eigentlich nicht ansprach. Im Kollegenkreis waren hier und da schon einmal Spekulationen angestellt worden, ob er mit seinen 33 Jahren vielleicht ein warmer Bruder war, der nur mit Männern konnte. Aber diese Vermutungen waren total daneben.

So dauerte es nicht allzu lange, und Alexander vertraute mir ein kleines Geheimnis an, das nicht einmal die sonst so neugierigen und immer bestens informierten Kolleginnen kannten.

»Ich hatte mich gestern mit dem Fräulein Schneider vom Chefsekretariat verabredet, und ich glaube, es hat wahnsinnig zwischen uns beiden gefunkt«, gestand er mir einfach so am Mittagstisch.

Es war jedoch nicht das, was er zu mir sagte, sondern vielmehr die Art, wie er es mir sagte. Alexander schien von dieser Frau geradezu hypnotisiert. Er wirkte wie geistig abwesend, das war jedenfalls mein Eindruck. Ich dachte mir, er ist halt wahnsinnig verliebt, ohne zu ahnen, was sich aus dieser Beziehung noch alles entwickeln sollte.

Ich glaube, es vergingen nicht einmal zwei Monate, und man hatte sich in der Firma an den Anblick dieses scheinbar unzertrennlichen Pärchens gewöhnt. Die beiden verbrachten nicht nur ihre Pausen miteinander, sondern auch den überwiegenden Teil ihrer Freizeit. So etwas kommt doch in den Firmen tagtäglich tausendfach vor, ja, natürlich.

Es kommt sicherlich sehr oft vor, dass sich am Arbeitsplatz Freundschaften ergeben und in eine feste Verbindung mün-

den. Aber für mich als Beobachter spielte sich zwischen diesen beiden etwas ganz Außergewöhnliches ab. Irgendwie fiel und fällt es mir schwer, das exakt zu deuten und in Worte zu fassen.

War es das Gegensätzliche im Äußeren dieser beiden Personen, was sie besonders intensiv anzuziehen schien? Sie mit ihren engelhaften langen gelockten Haaren, er mit dunklem, seriösem und sehr gepflegtem Kurzhaar. Wie stark müssen sich die beiden zueinander hingezogen gefühlt haben, dachte ich oft, wenn ich sie verliebt beieinander sah. Als Beobachter konnte man richtig neidisch werden.

Je mehr sich diese Beziehung in Richtung Ehe entwickelte, desto mehr spürte ich, wie Alexander sich von mir entfernte. Es war kein bewusstes Kappen der freundschaftlichen Beziehung zwischen Alexander und mir. Nein, es war eher eine Art Verlagerung von Interessen. Die gegenseitigen Besuche, die früher bei uns regelmäßig dazu gehört hatten, wurden immer seltener.

Als die beiden dann schließlich wenig später heirateten, verloren wir uns fast aus den Augen, obwohl uns nur wenige Büros voneinander trennten. Ich kann nicht sagen, dass Alexander mich als unwichtig ansah, mich bewusst ignorierte. Nein, er war noch immer derselbe, den ich vor wenigen Jahren kennen gelernt hatte, redete ich mir jedenfalls ein.

An eine Begebenheit in unserem Büro kann ich mich noch sehr gut erinnern. Sie spielte sich nur wenige Monate nach seiner Hochzeit ab. Seine Frau wartete an diesem Tage in seinem Büro, in dem ich noch einige Unterlagen für ein Projekt zusammenstellte. Wir kamen dabei ins Gespräch und alberten etwas herum. In diesem Augenblick betrat Alexander das Büro und fand uns recht amüsiert vor. Ohne mich auch nur zur Kenntnis zu nehmen, fasste er seine Frau am Arm und zog sie mit harschen Worten aus dem Büro.

Von diesem Tage an hatte ich eine vage Vorstellung davon, was sich bei Alexander innerlich abspielen musste, zumindest in Bezug auf seine Ehefrau und ihre persönlichen Freiheiten. Die hatte sie offenkundig seit Beginn der Ehe mit Alexander größtenteils eingebüßt. Ich glaube, Alexander war krankhaft eifersüchtig. Ohne dass er sich das selbst eingestanden hätte, war er wohl sehr besitzergreifend. Als seine

Frau dann schwanger wurde, arbeitete sie zunächst für kurze Zeit halbtags weiter, bevor sie wenig später ihre Arbeitsstelle kündigte. Sie wollte nur noch für ihr Kind da sein, sagte sie mir einmal.

Ich sah sie ein letztes Mal in der Firma, als sie ihre Papiere abholte. Seit Alexander Vater war, kümmerte er sich noch mehr um seine Familie. Bei den wenigen Gelegenheiten, bei denen wir fortan beruflich wie privat zusammenkamen, merkte ich zunehmend, dass Alexander mit seinen Gedanken nicht bei der Sache war. Er wirkte gelegentlich gereizt, zuweilen auch ungeduldig und ausgesprochen rechthaberisch. Ihm schien die Toleranz gegenüber anderen vollständig abhanden gekommen zu sein. Nur wenn es um seine süße kleine Tochter und um seine Frau ging, über die er ins Schwärmen geraten konnte, wirkte Alexander wie ausgetauscht. Aber merkwürdigerweise duldete er nicht, dass man an seinem Privatleben Anteil nahm.

Ich fragte mich, vor was Alexander nur so eine Angst haben konnte. Vielleicht trugen auch die Probleme in der Firma dazu bei, dass er solch ein Verhalten an den Tag legte. Mir war nämlich aus zuverlässiger Quelle bekannt geworden, dass die Betriebsleitung beabsichtigte, Alexander in den nächsten Monaten freizusetzen, also zu kündigen. Und zwar mit der Begründung von fehlenden Aufträgen und ständig sinkenden Absatzzahlen, wie es offiziell hieß.

Es ist erst einige Monate her, dass Alexander mir überraschend mitteilte, er müsse in Zukunft mit finanziellen Einbußen rechnen. »Dieser Laden hier ist bald am Ende, wenn die Betriebsleitung so weitermacht. Eventuell muss ich mich nach etwas anderem umsehen«, hatte er verbittert, ja fast resigniert geklagt.

Er schien mir damals ganz schön fertig zu sein. Bereits zu diesem Zeitpunkt machte Alexander auf mich den Eindruck einer gebrochenen Persönlichkeit. Irgendwie musste man ihn sehr gekränkt und verletzt haben.

Und dann kam schließlich der Tag, an dem dieses schreckliche Unglück mit seiner Frau und seiner fünfjährigen Tochter geschah. Ich habe mich noch nie so sehr um einen Menschen gesorgt wie um Alexander, als er von Kripo-Beamten erfuhr, was sich nur wenige hundert Meter von der Firma entfernt er-

eignet hatte. Ich fürchtete, er würde den Verstand verlieren. Alle Versuche, ihn zu beruhigen, schlugen fehl. Es schien so, als hätte ihm jemand sein Herz bei lebendigem Leibe herausgerissen. Nie hätte ich es für möglich gehalten, dass ein Mensch im Stande sein könnte, den Verlust seiner Liebsten auf eine derart verzweifelte und hilflose Art und Weise herauszuschreien. Alexander tat es. Minutenlang. Ein Notarztwagen brachte ihn schließlich bewusstlos in die psychiatrische Abteilung des städtischen Krankenhauses von Hamburg-Eppendorf. Die wenigen Freunde, die er hatte, konnten ihm in dieser Situation nicht helfen.

In den darauffolgenden Monaten hatte ich kaum Kontakt zu ihm. Die Trauer fraß ihn regelrecht auf. Er wurde unzugänglich für jeden, der sich ihm zu nähern versuchte.

Nachdem er mehr als ein halbes Jahr nicht mehr in der Firma gewesen war, wurde sein befristeter Anstellungsvertrag nicht weiter verlängert. Damit war er arbeitslos geworden. Ein Umstand, der ihm obendrein noch das Gefühl der Nutzlosigkeit und des Nicht-Mehr-Gebraucht-Werdens geben musste. Das war eine äußerst tragische Häufung von Niederlagen und Schicksalsschlägen, mit denen ein Mensch wohl kaum allein fertig werden konnte. In dieser Situation wäre Hilfe von außen sicher dringend nötig gewesen. Aber ich glaube, Alexander hätte sie abgewiesen. Mein Eindruck war, er wollte und konnte sich nicht helfen lassen.

Als ich mich vor etwa zwei Wochen dazu entschloss, ihn zu Hause aufzusuchen, musste ich entsetzt feststellen, wie sehr ihn die vergangenen Monate auch äußerlich verändert hatten. Er hatte Sorgenfalten und tiefe dunkle Augenränder. Seine Haare waren auffallend ergraut, er war erschreckend gealtert. Wie kann sich ein Mensch in so kurzer Zeit nur derartig verändern? Es war eine sehr deprimierende Erfahrung, und sie ging mir sehr nahe.

Als ich sein Haus betrat, sah ich in seinem Wohnzimmer eine Unzahl von Zeichnungen und Plänen, stapelweise Fachzeitschriften und andere technische Dokumentationen ausgebreitet herumliegen. Alexander schien sich ernsthaft und offensichtlich schon längere Zeit mit einem Problem zu beschäftigen. Im ersten Augenblick dachte ich, er hätte nun wenigstens wieder eine sinnvolle Aufgabe gefunden, die ihn ab-

lenken und auf andere Gedanken bringen würde.

Beim genaueren Hinsehen jedoch erkannte ich, dass das Thema, mit dem er sich auseinander setzte, nicht das geringste mit der Kartographie zu tun hatte. Vielmehr studierte er Baupläne von hochkomplizierten elektronischen Geräten und hatte dabei seitenweise handschriftliche Aufzeichnungen angefertigt.

Es war ein Extrakt dessen, was er in mehreren Zimmern seines Hauses zum Teil verstreut, wahllos und ungeordnet, zum Teil peinlichst genau katalogisiert herumliegen hatte. Auch die Wände waren voll davon, regelrecht tapeziert mit Detailzeichnungen, Übersichtsplänen und komplizierten Funktionsablaufdiagrammen. Und diese ließen mich dann endlich erkennen, worum es sich hierbei handelte.

Es waren Baupläne mit den dazugehörigen technischen Unterlagen des Hochgeschwindigkeitszuges InterCityExpress (ICE) der Deutschen Bahn AG. Also von einem dieser modernen Züge, der vor fast einem Jahr seiner Frau und seiner Tochter zum tödlichen Verhängnis wurde.

Den wahren Grund der intensiven Auseinandersetzung mit diesem Thema deutete mir Alexander erst zwei Tage vor der Entführung während eines kurzen Telefonates an. Was er sagte, klang für mich etwas wirr.

Dass er jemals im Stande gewesen wäre, einen Zug zu entführen, hätte ich nicht für möglich gehalten. Das hätte ich ihm nie zugetraut. Aber, wenn ich recht überlege, dann hatte er es mir eigentlich vorher gesagt... Ich fürchte, ich habe Alexander einfach nicht ernst genug genommen».

protokolliert: Weissgerber,	*gelesen: Bernd Wagner*
(Kriminal-Hauptkommissar)	*(Zeuge)*

Die Zeugenvernehmung wurde um 10.35 Uhr geschlossen.

Ende

Danken

möchte ich ganz besonders herzlich Maja Langsdorff für ihre unermüdliche Arbeit als Lektorin. Sie nahm sich viele Stunden Zeit, um mit mir über inhaltliche Themen zum Buchprojekt „ICE 4100 ..." zu diskutieren und mich dadurch in vielerlei Hinsicht zu sensibilisieren und somit meine Ideen den Leserinnen und Lesern verständlich zu machen.
Ohne sie wäre eine überarbeitete Auflage des vorliegenden Themas nicht zustande gekommen. Auch - aber nicht zuletzt deswegen - möchte ich Maja Langsdorff für die zahlreichen Hinweise, Anregungen, Tipps und Informationen danken, die wesentlichen Einfluss auf die vorliegende Ausgabe hatten.

der Autor